PARTOUT LE FEU



ÉDITIONS VERDIER
11220 LAGRASSE

Hélène Laurain

# Partout le feu

Roman

Collection « Chaoïd »
VERDIER

Collection dirigée par David Ruffel et Lionel Ruffel

www.editions-verdier.fr


ISBN : 978-2-37856-128-4

*À Alex et Aida*

Ça s'appelle un destin : être en face
et rien que cela, toujours être en face.

RAINER MARIA RILKE, *Élégies de Duino*

souvent encore j'en rêve
je monte dans la camionnette blanche en dernier
quand nos regards se croisent on sourit nerveusement
Taupe a le visage jaune éclairé par son 3310
pianote pianote pianote
on l'appelle
la sonnerie c'est la symphonie de Mozart là
Taupe dit OK et raccroche
C'est bon l'appel a été passé dit Taupe à la cantonade
faut se grouiller
je nous regarde avec nos combis orange
des cosmonautes de Guantanamo
On est à une ou deux minutes dit Fauteur au volant
j'ai super envie de pisser
ça me fait tressauter le genou
Taupe me l'immobilise d'autorité
Ça va aller respire elle me dit
c'est un ordre c'est pas pour rassurer
je respire
personne dit rien
et on les voit au loin
les silhouettes
sales même la nuit
des tours de refroidissement
sabliers doux
et la fumée
toujours
déjà Taupe qui me dit plus fort
Tiens-toi prête
prends l'échelle prends l'échelle
tout le monde a dans la main son outil
elle la disqueuse
Dédé la pince à coupe rase
Thelma la pince multifonctions
Jona la moquette
Fauteur la bannière sur le siège à côté de lui
il freine en dérapant

Sors sors on me crie
j'ouvre la portière arrière saute fais glisser l'échelle
le sac de Taupe tombe au passage Fais gaffe putain
je m'enfonce les ongles dans le pouce ça saigne
on a quelques minutes pour entrer
Thelma commence à paniquer
C'est ça le bâtiment on est d'accord hein c'est ça hein elle dit
le premier grillage on le passe à l'échelle comme prévu
on essaie de stabiliser la moquette sur les barbelés
on glisse dessus
comme ça
on se ramasse comme des merdes de l'autre côté
à part Dédé qui galère à se relever ça marche ça fonctionne
on est tous passés en environ une minute
le deuxième grillage
faut l'ouvrir
la disqueuse de Taupe et de chaque côté les pinces
agrandissent le trou
c'est comme dans du beurre
désormais
chaque geste est limpide
Vite vite vite Taupe dit on entend la sirène de la police
on plaque la moquette à l'intérieur du trou
on y passe
y'a Taupe qui dit Putain et qui se tient l'oreille mais pas le temps
Bannière la bannière grouille
on se met en place comme prévu moi en deuxième entre Taupe et Fauteur
et on la déroule pour notre drone

FURIE VERTE
TCHERNOBYL, FUKUSHIMA… FICKANGE ?

derrière y'a Thelma et Dédé qui sortent les feux des sacs à dos
Thelma a une tête d'on-devrait-pas-être-là
Jona la face bourrée de tics

les copains ont même pas capté les flics qui sont sortis
de leur voiture dérapante
les flics savent que c'est nous
Olivier a appelé pour prévenir
normalement ils savent
ils ont ouvert le premier grillage
on est à trois mètres d'eux avec notre banderole
et ça commence à péter au-dessus de nos têtes
bombes prune
bouquets mer
embrasements pers
cascades
soleils
paillettes
doré doré doré
ça fait
un ascenseur de couleurs sur la façade crade
et tout ça
juste à côté de la piscine à combustibles
les explosions croustillantes puis les aigus en enfilade
les bruits qu'on connaît par cœur
ceux de la barbe à papa et des desperados
ça rappelle
l'été
la nuit
même aux flics
et toutes ces étoiles
se reflètent sur l'uniforme
et le bruit couvre leurs voix
leurs gestes
moi je ris
jusqu'à la claque de Taupe derrière mon crâne
Laeti oh
les flics finissent par ouvrir le premier portail
je pisse un peu quand je vois qu'ils ouvrent déjà le deuxième
adrénaline
on se rend les mains en l'air

on n'est pas des cow-boys
ils se jettent sur nous quand même
bam la tête par terre je finis de me pisser dessus
la dernière fusée est lancée par l'un l'une ou l'autre
BOUM le saule pleureur
les épaules des policiers absorbent le choc sonore
en même temps
ils dansent
la lumière dessine quelque chose sur leurs visages
ils me soulèvent à quatre
Ma chaussure je crie
putain
il me manque une chaussure
par terre ma chaussure je crie
une claque bouche/nez
Ma chaussure je chuchote
ils me jettent dans le fourgon Ta gueule ils disent je suis assise
comme un tas tout mal fait
et les autres copains en tas tout mal faits à côté je les sens trembler
à l'intérieur ça jubile bien
en silence
compliqué de se sentir plus vivant que ça
Thelma a le visage de c'était-pas-une-partie-de-plaisir
Fauteur est en face de moi cette fois
d'une camionnette à l'autre
on se regarde
son visage à lui m'encourage
je pense
ils ont la police
on a la peau dure
je lui souris
j'ai peur
en route pour la garde à vue
c'était un beau feu d'artifice

*

eczéma : main gauche jusqu'au majeur

aujourd'hui je suis du matin à La Crasse
en arrivant j'ai écrasé
un pigeon
j'ai rêvé ou son aile tressaillait encore
Balec fait son interview
avec la journaliste de terrepourtous.fr
il est avec elle
à l'extérieur
il pointe fièrement l'enseigne
la commente content
*Snowhall de Thermes-les-Bains*
*Tout schuss vers le fun*
on s'était tapé des heures de brainstorming
pour cette enseigne
à la fin on avait dû choisir
la première idée de Balec
ils entrent dans le hall
Balec y reste pour que tout le monde le voie
il a dû travailler toute la nuit sur ses éléments de langage
je fais l'accueil
par la vitre je vois la piste
vide
secouée de neige artificielle
je l'observe
agiter son corps arqué
j'entends des bribes

Très select
accueillant une piste de ski indoor
d'Auckland Dubai Madrid La Haye Shanghai Barcelone
de 620 mètres de long aussi
heureux d'avoir construit les
crassiers des hauts fourneaux

sous la neige
de la revalorisation de l'image de la région dans la
démarche de proximité visionnaire de
la part belle également
à l'équipe de France de ski alpin qui passe
malgré les faux procès dont nous sommes
moins polluant qu'une grosse piscine
de l'avenir de la discipline

il serre la main à la journaliste
nous rejoint les joues rouges
s'accoude l'air de rien au comptoir de l'accueil
détaché
Et l'arsenic l'amiante et le plomb
l'air pourri qu'on respire
t'en parleras la prochaine fois je lui demande
il renifle
Laetitia
ah Laetitia
avec son monosourcil froncé là
ça fait presque des frisottis
arrête avec tes conneries un peu
c'est des rumeurs pour bosser moins ça
tu crois qu'ils nous laisseraient travailler ici si y'avait de l'arsenic
c'est toi l'arsenic
bon allez il dit en se mettant en chemin

à la sortie du boulot
le pigeon à côté de ma portière
n'est désormais plus qu'une crêpe
maximum 5 millimètres d'épaisseur

*

de retour dans La Cave
à écouter Nick Cave
C'est pour le jeu de mots Fauteur m'avait demandé sur Signal
Même pas j'écoute que Nick Cave
en ce moment
et je regarde qu'un film
*Wild Plants* de Nicolas Humbert
encore et encore et encore je lui avais écrit
je lui avais pas dit que tout ça
tout ça c'était de la beauté *safe*
à chaque fois ces images me font
entendre Mémou
et sa phrase sur la beauté
dans la merde y'a Pépou qui lave sa bagnole
tous les soirs 18 h 30
je lui gueule par le soupirail
C'est arrosage interdit t'as entendu parler de la canicule déjà
il sait tellement bien ne pas écouter
on dirait qu'il entend pas
il frotte avec son éponge chamois comme ça
il a vieilli ça se voit aux tempes

*

des mois déjà qu'on attend le jugement
d'ici-là
il nous est interdit de nous voir
paraît qu'on est une association
une association de malfaiteurs
que des feux
d'artifice on en préparerait d'autres
voire pire
il paraît
que je n'ai plus le droit d'entrer
en contact avec Fauteur
et avec tous les autres
et inversement
ça fait depuis le Feu
qu'on ne s'est pas vus
théoriquement on a le droit de continuer à
militer
mais comment savoir
si quelqu'un que je n'ai pas le droit de contacter
a l'intention de participer à la même réunion que moi
on a quand même trouvé un moyen d'y aller
aux réunions
en s'informant par un tiers
et en alternant
par tranche de deux heures
pour ne jamais se croiser
théoriquement
j'aurais eu le droit d'aller à l'enterrement de Dédé
mon ami Dédé
notre ami
déjà pendant le feu d'artifice il crevait
du cancer du pancréas
mais qui sait quel malfaiteur
j'aurais croisé
aucun de nous ne sait ce que ça implique

concrètement
d'être malfaiteur
on ne naît pas malfaiteur
on le devient
ceux qui nous accusent ne le savent pas
très bien non plus
c'est là tout l'avantage
peut-on être debout
sur le même trottoir
peut-on respirer
le même air
peut-on manger
le même plat
dans la même pièce
à quelques heures d'intervalle
peut-on côtoyer les mêmes personnes
prendre les mêmes anxiolytiques
chier dans les mêmes toilettes
peut-on lire les mêmes livres
écouter la même émission de radio
et si la nuit je sursaute
à la même seconde que Fauteur
si mon cœur bat
plus vite quand une voiture de gendarmes
repasse devant chez moi
comme lui
est-ce que mon cas
s'aggrave
si les craquements de l'escalier
me font grincer des dents
est-ce louche
est-ce que ce sera consigné
comme les manifestations
les coups de téléphone
les SMS
les déplacements
et les e-mails

pendant la garde à vue ils ont dit
qu'ils me connaissaient
qu'ils savaient qui j'étais
le policier avait cet air
gourmand
de faire
enfin
ma connaissance
ils ont dit que j'étais assez facile
à cerner
que j'avais une personnalité instable
des traits narcissiques anormaux
et que dans mes phases maniaques
– les doigts policiers font des guillemets –
je faisais preuve d'un degré élevé
d'agressivité
je ne disais rien
je crois que mon avocate parlait à ma place
avec mes doigts je faisais
fa la fa la fa la fa la fa la fa la avec la main droite
la do la do la do la do avec la main gauche
Philip Glass
*Opening n°1*
en même temps
je pensais au
*scold's bridle*
la bride à mégère
un masque de fer
dans le meilleur des cas
simple armature
dans le pire masque bouffon
inventant des traits féroces ou penauds
muni d'une languette pénétrant la bouche
compressant la langue
ou la surélevant contre le palais
parfois dotée d'une pique pour les plus récalcitrantes
au silence

autre option
une clochette
pour que la mégère promenée dans les rues
en laisse
par son mari
soit repérée plus rapidement
qu'on puisse lui cracher dessus
et l'injurier
sans risquer de réponse
je me demandais ce qui valait mieux
ça
ou ce qui m'attendait
et j'avais lancé un petit rire
ce qui m'avait valu un
Ça vous fait rire mademoiselle
Madame j'avais répondu
je me demande si
malgré nos précautions
le Feu
ils savaient qu'on le préparait
si c'était pour eux une friandise
de plus
à se mettre sous la dent
ils ont ajouté que tout ça
c'était dangereux
que vu ma fragilité
il valait mieux
pour moi que je dise
qui avait organisé que je n'oublie personne
que c'était la seule façon de me sauver
ils ont ajouté qu'ils me suivaient
en permanence qu'ils savaient
où j'allais faire mes courses
quels chemins j'empruntais pour faire mon jogging
et à quel rythme
où j'achetais mes slips
– Chez Petit Bateau

tu sais les mêmes culottes que ta grand-mère –
ils avaient gloussé
quand j'y repense
c'est comme s'ils avaient tout dit ensemble
d'une même voix
atone
pourtant
un seul des deux parlait
il disait nous sommes
nous avons
l'autre se contentait
de cligner des yeux
et je le regardais
un type épais
nourri au babeurre
l'air constamment étonné
je m'imaginais le portrait de ses petits-enfants
incliné sur son bureau
oui c'est lui que parfois
je regardais
ils savaient
quelle musique j'écoutais
à qui j'écrivais des e-mails
et même ce qui était écrit dedans
quelles notes j'avais eues au bac
– Madame l'intello –
ils ont ajouté
qu'ils m'écoutaient depuis un an
qu'ils avaient entendu
quand je baisais avec Fauteur
que je baisais avec Balec
il y avait eu un silence dans lequel leurs bouches avaient souri
entendus aussi
les mots sacrés
susurrés à Mémou
mes engueulades avec La Sœur
mes silences avec Pépou

ils ont dit
qu'ils savaient tout
ce qui pouvait s'écrire
tout
ce qui pouvait s'entendre

alors forcément
ils ont entendu
ce passage de *Wild Plants*
que Mémou et moi regardions sans cesse
ce passage où un jeune homme
se baisse ramasse et dit
Cette poire
a le goût d'une maison en ruines
puis il continue
un matin il a vu des ouvriers qui voulaient
devaient
détruire la maison et abattre l'arbre
Je vous demande seulement de goûter une poire
il leur a dit
le soir quand il est revenu du travail
la maison n'était plus là mais l'arbre
oui
alors il a su qu'ils avaient goûté
une poire

la dernière fois
que Mémou et moi avions vu ce passage
ensemble
elle avait conclu
avant de tourner sa tête du côté du
mur
Faut quand même essayer de voir le beau
dans toute cette merde

*

à La Cave
tous les soirs
dès que le silence
se pose sur la maison
je me repasse le film intérieur
de la fête du feu
avec les amis
je coupe le persil la coriandre le céleri
Jona hache menu les échalottes l'ail
il a mis ses lunettes de plongée pour ne pas pleurer
Thelma réduit l'avocat en purée
à la fourchette directement
elle laisse quelques morceaux arrose le tas vert tendre
de citron d'ail en purée de paprika
comme toujours elle chantonne de la musique brésilienne
il y a
ceux qui ne peuvent s'empêcher de goûter chaque ingrédient
les autres qui leur tapent sur les mains
ceux qui cuisinent ceux qui font plutôt la vaisselle
ceux qui préfèrent essuyer
ceux qui viennent toujours trop tard
il faut tromper la flemme de déterrer
laborieusement
des discussions alors que nous
connaissons nos désirs nos espoirs nos peurs
par cœur
les échaffaudons depuis un certain temps ensemble
je m'occupe du houmous mixe les légumineuses
ajoute le tahine soyeux sel poivre cumin
le citron encore je retiens les pépins entre mes doigts
ça pique dans mes ongles rongés
pendant ce temps quelqu'un a coupé la baguette fraîche
ouvert les pots de pâté les terrines
ôté les boyaux des saucissons coupé des tranches fines
les végé invectivent les viandards rient

leur gorge offerte
alors que la musique dicte son rythme
on ne sait pas tout à fait quand elle a commencé
elle s'est fondue dans l'air
doucement alors qu'on épluche taille ébouillante
les mélodies connues s'enfoncent en nous
subreptices
commandent la cadence de nos mouvements
les délient ou au contraire les martèlent
les mélodies
qu'on a écoutées des milliers de fois
que l'on écoutera encore
*Run away*
*Turn away*
*Run away*
*Turn away*
on inspire expire à peine plus saccadé
sur les lignes de basse collantes
les clochettes scintillantes
les synthés syncopés
les claps doux
organise notre chorégraphie sans rien se dire
opine de la tête en rythme
laisse couler l'entente
laisse monter par palier doux l'ivresse des basses
quelqu'un a monté le son
je grille les amandes les pignons
hume leur odeur beurrée
arrose le tahine d'huile d'olive
extra vierge
Fauteur est à côté de moi maintenant
ce soir il est dans l'équipe j'arrive comme une fleur
quand tout est terminé
on se frôle on s'ignore
il demande s'il y a assez de sel dans le houmous
il guide la cuillère dans ma main à sa bouche
tous les deux nous sommes

tendus infiniment vers ce geste
sentons la présence vigilante d'Oph
dans un coin
*I try and laugh about it*
*Hiding the tears in my eyes*
*Because boys don't cry*
pour sentir la perfection du moment il faut
se laisser porter par la respiration du groupe
une communion et un piège
la certitude que chacun fera ce qu'il a à faire
il faut
laisser monter la confiance dans la fête à venir
quelque chose d'inébranlable d'infaillible
ce soir nous scellons le pacte du Feu
qui aura lieu dans quelques mois
par un banquet
il faut cette chorégraphie ensemble
faire fondre le dernier plomb de raisonnable
se lancer dans la première danse
quelqu'un a encore monté le son
Thelma a mis son casque écoute son autre rythme
l'un de nous doit inaugurer la piste de danse
une 1664 dans une main une roulée dans l'autre
les yeux mi-clos j'y vais
feins l'indifférence
j'ondule m'efforce de croire à mon détachement
le fais mien
même quelques secondes ça compte
continue même seule sur la piste
je sens l'alcool s'infiltrer
chatouiller chacune de mes cellules
cet opium des inhibés
l'ouverture qu'il amène avec lui
le pétillement du bas-ventre la souplesse des membres
avec ça dans le sang je suis
plus normale que jamais
comparable

aux autres
*For fear your grace should fall*
*Let's dance*
je m'approche en dansant dans le cercle des fumeurs de bédo
– Fauteur Oph Jona –
m'affale
les uns les autres plus ou moins allongés sur des fourrures synthétiques
qui sentent le chat
les pieds se frôlent semblant de rien
les chaussettes Artengo de Fauteur les blanches Adidas de Jona
les roses à pois violets d'Oph et moi les socquettes noires
hors saison
on ne se dit rien on se passe le bédo en observant les autres
on susurre les paroles hoche la tête en rythme
on est élégant dans la fumée vague on le croit
à commenter mollement les frasques des autres
ceux qui osent désormais se montrer
dans l'arène
*Reach out and touch faith*
*Your own personal Jesus*
*Someone to hear your prayers*
*Someone who cares*
supérieurs pour un moment
nous regardons
ça dure un certain temps la question ne se pose plus
le temps est en expansion
Maria et Love se roulent des pelles
comme à chaque soirée
je suis maintenant dans la ouate
les yeux mi-clos des autres me font rire
les yeux de Fauteur comme ça c'est encore plus des amandes
on veut embrasser les plis qui les entourent
sur le gras de la paupière ou la peau plus sèche des tempes
sur les tables les quiches fument
betteraves blettes
pommes de terre munster

flammekueches
autour il y a la Chouffe
la Bon Poison la Malacourt
la Goudale les Belges aussi
Leffe Karmeliet Chimay
et puis les bon marché
comme toujours
Heineken la 16
parfaites pour se finir
j'embarque le bédo me lève
le sol semble légèrement incliné
une bille dessus roulerait roulerait jusqu'à heurter le mur
continuerait son voyage jusqu'à un coin de la pièce
quelqu'un a ramené des stroboscopes l'air est blanc
noir
blanc
en rythme la lumière halète
je bois l'eau direct au robinet
elle est fraîche
j'en emmagasine dans les joues
la crache dans le dos de Taupe qui cale rien
elle est debout sur une chaise en osier
il faut qu'elle soit
toujours plus au centre plus haut que les autres
lève lentement une jambe la dépose sur l'autre cuisse
se pince le nez d'une main
Regardez je tiens elle crie d'une voix nasillarde
je vous l'avais dit bâtards
personne l'écoute
*Cause it's a bittersweet symphony*
*That's life*
*Trying to make ends meet*
*You're a slave to the money then you die*
Dédé me sourit en hochant la tête
quelqu'un a encore augmenté le son
Taupe et son beau corps massif
son corps de confiance

compact et sûr
Taupe et son corps sont par terre
observent la danse de Dédé
Vas-y mon Dédé elle dit
donne tout
je trébuche sur elle
elle reçoit de la bière sur le coin de la bouche l'attrape
du coin de la langue rit
*Some of them want to use you*
*Some of them want to abuse you*
je ferme les yeux ma danse se fait robotique cette fois
les autres disparaissent
on s'oublie au même rythme
Dédé a relevé son t-shirt
il dessine un visage au rouge à lèvres sur son ventre coulant
fait danser ce visage avec ses deux mains épaisses
la bouche poilue chante les paroles
des réactions hilares étouffées par les rythmes surgissent
Vas-y Dédé
des portables sortent des poches
se lassent vite
sa bedaine flotte au gré des mouvements
délié il se déhanche
insensible aux moqueries à son corps qui dans quelques mois
le lâchera
son ventre amas de chair claire
il le célèbre son corps vivant
son corps gracieux étonnamment sensible
il tourne le bassin les mains dessus
je le rejoins par derrière
pouffe la fumée sur sa joue
me frotte à ses fesses charnues
épouse ses mouvements
enfonce mes mains dans la chair
malaxe doucement
modèle le visage gras de rouge à lèvres
je veux d'abord que Fauteur me voie

puis trouve le plaisir dans ce contact doux
Dédé m'accueille dans ce mouvement congruent
*I have to praise you like I should*
je me détache suante riant
il y a la marque de mes pouces sur son ventre
je me déplace tant bien que mal vers la table
blanc
noir
blanc
noir
vois un citron mords dans la pulpe hurle
dans un coin Fauteur et Oph se chauffent
je me fais une tequila
j'en fais une autre pour Dédé
Tiens mon Dédé
la langue entre les doigts le sel dessus et le citron
sel alcool glacé citron
on se l'enfile en râlant
je sors d'autres verres à shots du congélo
me brûle les doigts au givre
prépare une deux trois autres tequilas
en donne une à Thelma allongée qui a posé un Rubik's Cube
sur son ventre de six mois
une à Fauteur
une à Taupe on se les enfile vite on crée un mouvement
je fais couler la tarte munster patate entre deux shots dans ma
bouche
derrière mes lèvres grasses
mon corps ne s'alourdit pas encore
il redouble d'énergie
*You're my river running high*
*Run deep run wild*
*I follow I follow you*
*Deep sea baby I follow you*
tout le monde est sur la piste
dans l'odeur de saucisson de munster de bière
quelqu'un ouvre la porte un mince courant d'air nous emporte

on se saccade on s'arque on se secoue
on s'approche se touche se caresse
on se cogne mélange nos transpirations
Taupe a réussi à enquiller des tequilas allongée par terre
elle semble maintenant endormie
elle a dans la main encore le carnet de la réunion et le Bic
Dédé a désormais le regard dans le vide
le bout des fesses posé sur la chaise en osier
son catogan mouillé son t-shirt froissé au ventre
*The dog days are over*
*The dog days are done*
*The horses are coming*
*So you better run*
Thelma danse la samba en maintenant le bas de son ventre
casque aux oreilles
soudain la nausée s'incruste dans mon œsophage
sur le miroir moucheté du salon de Taupe
mon reflet s'arrête
à la place du visage un trou noir
blanc
noir
blanc
noir
blanc
je me fraie un chemin parmi les corps
cours presque vers la couverture chat
me roule en boule pour contenir
surtout il faut
tout contenir de ces liquides ces solides ingurgités
maintenir le feu à l'intérieur
oublier la béance du reflet
je ferme les yeux
ignore les cris gras autour de moi
les taches de couleur dans les paupières
mes muscles fondent alors que la fête mollement
se déglingue
mes yeux clignotent je vois

les corps qui s'avachissent sur les chaises
endormis comateux
ou simplement las
ralentis par l'ennui
la répétition infinie des mêmes mouvements qui constituent
une fête
cette grande diversion cette procrastination
les miettes s'amoncellent sur le sol collant
les canapés se remplissent
*Love love is a verb*
*Love is a doing word*
*Feathers on my breath*
Dédé et Taupe viennent s'allonger à côté de moi
l'un des deux me recouvre d'une laine
me chatouille doucement le dos
je vois des branches cassées
un homme recouvert de miroirs
danser sous le soleil
des murmurations
dans leur ronronnement je m'endors

*

je mate le JT avec Pépou
des femmes aux habits fuchsia et jaunes
qui chantent au sommet de cerisiers
chatouillent de leur plumeau
les fleurs
les plumes de poulet
– on utilise parfois
un filtre de cigarette
ou un effaceur Reynolds –
sont trempées au préalable
dans du pollen frais
tiré d'une boîte de chewing-gums
accrochée à leur cou
elles disent
Pour extraire du pollen fertile des fleurs mâles
ces fleurs il faut les frotter délicatement à l'aide
d'une brosse à dents
déposer les grains jaunes dans un carton
tapissé de papier journal
puis les faire sécher
sous une ampoule
ou au soleil
et les moudre
– on ne tombe pas dans le piège
d'acheter le pollen
qui perd si vite sa fertilité
rien que le temps du transport –
ensuite
agir vite
grimper aux arbres
chanter
caresser
danseuses des cimes on les appelle
ça fait plus folklore
moins cauchemar

elles font ça deux semaines par an
Ça aide les arbres à faire de plus gros fruits
dit l'une en souriant
le patron en lunettes de soleil confirme
il faut l'admettre
c'est plus cher que de louer des ruches d'abeilles d'élevage
ces femmes-abeilles
elles coûtent 11 € par jour
à quoi il faut ajouter déjeuner et dîner
mais c'est beaucoup plus rentable
conclut Lunettes-de-soleil
certaines ont acquis une belle dextérité
depuis plus de vingt ans de pratique
on attribue la plupart du temps la disparition des abeilles
au recul de la forêt
et à l'utilisation intensive de produits phytosanitaires
quelques-uns évoquent même
l'élimination systématique des moineaux
lors du Grand Bond en avant
plus précisément
lors de la Campagne des quatre nuisibles
contre les rats
mouches
moustiques
moineaux
l'extermination de ces derniers
aurait conduit à une prolifération des insectes
qu'il a fallu exterminer à leur tour
cependant
cette dernière hypothèse n'a pas été confirmée
par tous les scientifiques

*

sur le canapé en Skaï de La Cave
je fais défiler sur mon téléphone les anciens messages
de Fauteur

13 avril 2016 00 h 27
Pas d'enfants pas plus mal

cette fois-là j'avais rien répondu
il devait encore être bourré à la Chouffe
goûts de merde
il m'écrivait souvent

*

quand Fauteur
m'en avait parlé
il avait d'abord creusé un silence
et de sa voix soyeuse
avait partagé cette histoire
avec moi
comme si j'étais la seule
jamais
qui aurait le droit de l'entendre
comme si c'était la dernière fois
qu'il l'évoquerait
il avait partagé
ce qu'il avait vu
ce qu'il avait entendu
à Boudin
depuis vingt ans qu'il y allait de temps à autre
c'était une vieille lutte
il avait commencé par
les patates de la résistance
plantées dans les champs achetés par Vulcatom
l'agence de gestion des déchets radioactifs
au début
puis quand il était revenu
il l'avait vu retapée
la Maison-Lutte
achetée à plusieurs
retapée à encore plus
une grange
avec dedans une anarchie
de choses utiles
des vélos des cordes des matelas
collés les uns aux autres
baudriers et masques à gaz
accordéons
et ça marchait

à coups de voitures prêtées d'argent aussi
de dépannages
carottes contre poireaux et toujours le café
fumant
il avait assisté à quelques-unes
des réunions
trop longues
sous les posters disparates
féministes antispécistes éleveurs
non violents anarchistes catho
avait écouté et vu
les scientifiques invités
les circassiens voisins
les expositions photo
les hivers glacés
partagé
les premiers légumes du potager
en permaculture
il avait passé quelques jours
et quelques nuits dans la maison
y avait appris
les cycles de la lune
le rythme des herbes
le nom des oiseaux en résidence
cuisiné
les marmites de potée
retenu
les mots d'allemand qu'un type – Max ou Niels –
leur apprenait
*zivilcourage umwelt*
*unmöglich angst*
suivi
les histoires d'amour
et plus tard
quand Vulcatom avait occupé le bois Ledoux
occupé et coupé
le bois

– la zone idéale pour ventiler
les rejets gazeux
du futur projet –
l'avait rasé arbre par arbre
feuille par feuille
Fauteur n'était déjà plus
à Boudin
parti vers une autre lutte
le barrage de Marcœil
il apprendrait à son retour comment
les ami.e.s avaient défoncé les clôtures
avec les tracteurs des agriculteurs
planté des arbres dans les gravats
avaient construit un préau
monté les cabanes
il avait écouté
comme ils s'étaient fait expulser
un mois plus tard
déjà
la police avait brûlé
des visages des mains et des bras
puis un mur
avait été érigé
pour enfermer la forêt

un mois plus tard
encore
Vulcatom avait été condamnée pour infraction
au code forestier
défrichement illégal

le mur
ils l'avaient bien défoncé
cette fois
Fauteur en était
Fauteur m'avait dit
qu'il avait participé

au plus beau jour
de plusieurs vies
sa voix avait tremblé
j'en avais frissonné
d'embarras
lui aussi
il avait soulevé et traîné
des planches
des palettes
pour construire les cabanes
avait enfoncé des échardes
dans la pulpe de ses gros doigts
avant de les porter
à sa bouche
puis de continuer
en souriant
tout était récupéré
mais tout solide
quand ils avaient construit de quoi s'asseoir
ils avaient partagé
les poêlées aux champignons des bois
la bouillie de sarrasin
le soir la tisane d'aubépine
le matin le maté
sur les tasses et les bols
il y avait la marque
laissée par les autres bouches
Fauteur m'a dit comment chacun
posait ses lèvres dessus
et buvait
mangeait
avec les cuillères de tout le monde
on se prêtait les livres de Thoreau continuait Fauteur
et de Prévert
on se les criait d'une cabane à l'autre
les feuilles tombaient parfois
sur le sol du bois Ledoux

ça faisait presque oublier
l'humidité
la peur surtout
d'être écrasés
comme des cloportes
bousculés égaillés
en pleine nuit
*angst*
de voir leurs cabanes brûler
leurs visages cramer
et le bois avec
de se faire gazer
se faire LBDer
de se faire marcher dessus par des bottes coquées
Fauteur en était
il avait vu
les feux de camp
avait salué la vieille
qui ramenait sa gnôle
maison
préparée dans sa baignoire
tous les soirs dans son panier d'osier
de la liqueur de mirabelle
la vieille qui restait
danser
chanter
elle avait même aidé
à détruire le mur
la vieille
elle était tombée dans les gravats
avait ri pleuré
elle avait fait ça oui
les habitants des villages voisins
aussi
eux dont la méfiance avait fondu
doucement
quand ils avaient vu qu'on s'inquiétait

de leurs arbres
leurs oiseaux
leurs champs
la somme de tout ça c'était
une succession de moments
à la perfection rétroactive
– en haut des arbres
un bébé était né –
puis l'hiver était arrivé
l'utopie avait
lentement
dégonflé
avait fini
par se dissoudre
entre les racines
l'humidité
et la peur
l'avaient emporté
Fauteur était parti
on s'était rencontrés
environ six mois avant
le Feu
à une réunion locale de Furie Verte
il disait qu'il voulait
prendre du recul
se poser
un peu
que mine de rien il avait déjà
quarante ans
il venait de se caser avec Oph
mais il ne s'est pas posé
pas vraiment
le premier Feu
il l'a ensuite fait pour moi
et je l'ai fait pour lui
pour s'illuminer ensemble

l'histoire de Boudin
c'était une histoire vraie
c'était comme l'histoire de ce qui pourrait
nous rendre heureux
mais qui jamais ne nous serait
accessible ensemble
trop fatigant pour lui
trop collectif pour moi
Toi et moi
il avait dit
ce qui nous rassemble
c'est quelque chose de plus
de plus incandescent
on peut seulement faire semblant
un temps
jusqu'à ce que le désir de feu
nous rattrape

*

ça se voyait à leurs mains
policières
à leurs vêtements sans plis
à leur couleur de visage qui se confondait aux meubles
ils n'ont pas d'oreilles
pour ces récits-là
dans les yeux lécheurs des policiers
il manque ces histoires-là
j'ai pas voulu leur raconter
ce que j'essayais de dire était
pâteux
ou trop important
pour être dit
comme Pépou
j'ai jamais su dire

*

eczéma ce matin : 90 % du visage

sur tous les plis comme des rides au marqueur
et la peau toujours aussi pâle
jaune presque
comme l'ampoule de La Cave
Halloween on dirait
demain c'est mon anniversaire
enfin notre anniversaire
avec toute la foire habituelle
pas hâte de me taper
leurs regards fuyants pour éviter de voir ma gueule
et La Sœur
en plus
qui nous gratifie de sa présence

*

Le Chauve est repassé aujourd'hui
à La Crasse
dans sa combi de ski des années quatre-vingt jaune et verte
il descend la piste
et quand il me croise il dit
Wouw ça décoiffe
et enlève son bonnet
triomphal
Nan j'déconne clin d'œil
et moi je dis
T'es sérieux là
Pardon s'étonne Le Chauve
C'est la troisième fois que tu me la fais je réponds
mais Balec me parle dessus avec sa voix de rabatteur Avancez
monsieur s'il vous plaît
alors que comme d'hab y'a personne
et Le Chauve qui m'a pas vraiment entendue obtempère
Fais très attention Laeti
Balec me dit en se rapprochant
Heureusement que je suis là
il tapote ma hanche en passant
Tu m'appelles Laetitia
et tu arrêtes de me toucher
il s'immobilise et sourit
entre ses dents des graines de pavot
Suis-moi
il va dans son bureau juste derrière l'accueil
je le suis en butant sur des caillots de neige
il est déjà assis quand j'arrive
les doigts entrelacés le regard par en bas
Laeti
est-ce que je dois te rappeler
qui est le manager ici
il attend
je dis rien

je souris
toujours rien
rien du tout
Le manager c'est moi il dit
solennel
Peut-être que ta prochaine retenue
sur salaire
te le rappellera
Vas-y je dis
retiens sur salaire
il a la souris dans la main
petite arme
il la bouge imperceptiblement
hoche la tête
fait durer
clic
Voilà
me toise sourire pavot
Ah et bon anniv'
il oublie rien ce con

*

post-it n° 13

*I feel what you feel*
*When you're far away*
*It's been a hundred days*
*Since I've kissed your face*

*

le 26 avril 1986
à minuit 44
je naissais à la maternité des Orangers
3 minutes avant La Sœur
39 minutes avant la libération
à 2 108 kilomètres de là
des 200 bombes d'Hiroshima
milliards de milliards de becquerel
C'est chouette
de fêter chaque année l'avènement
de la génération Tchernobyl
j'ai dit à Pépou juste avant
que tout le monde arrive
le gâteau
est recouvert de pâte d'amande rose
*Laetitia & Margaux*
dégoulinant au sucre liquide
marqué *31* en plastique blanc et doré
dessous une génoise
et de la confiture de framboise
et de la mousse de framboise
c'est cette mousse qui me tue
il vient de chez Waffen le gâteau
c'est le même depuis 31 ans
Rien ne changera jamais je dis à voix haute
Rien ne se perd rien ne se crée tout se transforme répond Pépou
aucun rapport comme souvent
et les vieux qui sont venus tous les quatre savent pas quoi dire
je les entends regarder mon eczéma qui me fait des rouflaquettes
Pépou peut pas s'empêcher de parler de Mémou
Elle est avec nous il dit à chaque fois
après il lève son verre de champagne tout seul
mais quand sa larme s'arrache
je le prends dans le creux
de mon bras

avant qu'elle roule vraiment
La Sœur fait pareil de l'autre côté
et tous les autres sont gênés
tout le monde dit rien
comme d'hab
même Mamipié elle sait plus quoi faire
pour moi
ses yeux liquides sont sans cesse
posés sur mon visage
toujours
elle me regarde trop longtemps
Courage ma fille elle lance en partant
je leur avais dit pas d'anniversaire on l'a encore fêté
je leur avais dit pas de cadeau j'en ai eu quatre
emballés dans le papier de Noël
des restes de l'année dernière
le plus drôle peut-être
la biographie de Nicolas Hulot
et l'espoir dans les sourcils épilés de La Sœur
moi je lui ai offert
un chronomètre manuel
sur lequel j'ai fait graver en une police fleurie
*Compte à rebours avant l'effondrement*
les aiguilles fines émettent un tic-tac
délicat
La Sœur a soupiré

plus tard elle se la ramène
avec sa remarque bisannuelle
Titi faut que je te parle
tu m'écoutes ou pas
tu manques de vitamine D ça se voit
au printemps c'est chaud quand même
elle dit La Sœur dans le couloir
en ajustant la ceinture de sa robe en lin
de trois quarts
imperceptiblement

elle creuse les joues pour marquer les pommettes
souveraine
elle a toujours été plus douce
et plus belle que moi
la pauvre
elle a le portable dans la main
toujours prête à dégainer
Tu veux pas sortir de ta cave passer à autre chose
on a tous bien compris que t'étais malheureuse
je fais le regard vide comme je sais
C'est marrant tu ressembles de plus en plus à Pépou je dis
elle lève le nez
On est jumelles elle répond
Fausses jumelles
Vraies jumelles
Fausses
Et j'ai vu tes post-it dans la cave elle continue
tu veux pas arrêter
tu vis dans un Derrick ou quoi
tu m'angoisses
je me gratte la joue fort ça saigne vite
grimace réflexe de La Sœur
je redescends à La Cave

quand ils sont partis Pépou passe
Enlève tes écouteurs il dit
ça va aller ma fille
main sur mon dos
renifle

*

La Sœur a toujours été
la moins observatrice
des deux
les post-it forment une constellation
organisée avec soin
il y a une colonne pour l'eczéma
le reste c'est un nuage
en recomposition permanente
elle n'a pas vu
pas compris
les flèches simples ou doubles
les + et les –
tracés à la craie
entre les post-it aimantés

*

une autre chose dont je n'ai pas parlé
aux policiers
c'est Boudin
s'ils croient que la lutte se cantonne aux centrales
ils sont encore plus cons qu'ils en ont l'air
j'aurais commencé par leur demander
aux policiers
Vous la connaissez celle-là
c'est l'histoire de trois énarques et quatre polytechniciens
dans une salle de réunion
ils disent beaucoup de choses
en écrivent beaucoup moins
dans leur rapport aux N + 2
Nous nous inscrirons dans une démarche
de revalorisation des territoires ruraux ils écrivent
On n'a plus de colonies alors on va fourrer la merde
dans le trou du cul de la métropole ils disent
ils se demandent
s'ils devaient choisir une région bien pourrie
pour y déverser un torrent de déchets
laquelle ils choisiraient
après un top 3 rapide
Nord - Picardie - Lorraine
ils remarqueront
qu'ils ont tous un faible pour la Lorraine
une région
triste comme une salle de cinéma vide
en pleine projection
ils se diront
Avec la sidérurgie ils sont habitués à se faire bien
polluer
ils sont endurants
à défaut d'être résilients
les hommes s'intéresseront à la Meuse
presque vide

pile dans la diagonale
trou noir
que des bouseux
et tout ce chômage
pratique
les derniers hivers rudes de France
ça partira pas en ZAD au moins
trop froid
C'est bien la Meuse tous acquiesceront
du vrai Grand Est *porn*
comme on l'aime
ils proposeront des petits boulots aux habitants
pourquoi pas des cours de yoga et de méditation gratuits
qu'ils comprennent qu'ils sont seuls responsables
de leur bonheur
ils auront un petit truc à se mettre sous la dent
il devrait leur en rester au moins une
et puis leur sénateur est très motivé
le pauvre il ne sait même plus quoi quémander
les hommes riront de concert
de toute façon les déchets sont là
les fourrer sous le tapis en Meuse
c'est encore
ce qu'il y a de moins pire
Nous implanterons un laboratoire ils écriront dans le rapport
et en réunion publique
ils diront
Ne vous inquiétez pas
c'est juste pour chercher
dans le public des voix s'élèveront
et demanderont
instabilité de l'argile
risques d'incendie
fuites
transports des déchets
irréversibilité
les hommes

proposeront expertement
d'arrêter d'hystériser le débat
avec un geste concomitant des deux mains
qui tassent l'air
ils auront un maître mot
pé.da.go.gie
les tables seront en Formica
ils se donneront l'air médiocre
leurs costumes seront mal coupés
ils feront creuser des galeries des tunnels des caissons
y logeront des statues de Sainte-Barbe
dans les alcôves
pour se protéger
ils feront des saucissons coffrés de déchets nucléaires
entourés
de verre cristallisé
ou d'acier inoxydable
120 ans après
ils fermeront boutique
le centre d'accueil des déchets
la boîte
sera fermée
Hermétiquement ils écriront
un sarcophage
ce sera garanti pour toujours
pour l'éternité
comme l'amour
en dessous de Boudin
à côté des éclats d'obus
des crânes et des os des poilus
il y aura des saucissons de déchets nucléaires
Nous créerons des commissions
« mémoires et transmission » ils écriront
il faudra en effet réfléchir
à la méthode de signalisation
de ces déchets imputrescibles
les plus radioactifs de France

pour le million d'années à venir
alors
ils seront brusquement pris
d'envies de poésie
ils envisageront
de graver des informations sur un disque de saphir
c'est beau le saphir
c'est bleu
ils réfléchiront
à des dessins éternels
mais au fond ils sauront bien
qu'ils condamneront Boudin
à être rayé de la carte
Nous définirons chaque étape
en concertation étroite avec la population ils écriront
d'abord ils s'approprieront ce nom
ils le rendront encore plus misérable
et ensuite
ils s'approprieront le territoire
hameaux
villages
maisons
forêts
champs
englouti Boudin
avec un nom pareil de toute façon
L'objectif n'étant pas ils annoteront
d'enfermer les radiations
mais de ralentir au maximum leur arrivée à la surface
ils proposeront à la mairie de Boudin
et des villages alentour
des douches de subventions
des centaines de milliers d'euros
et en fonction de la plasticité des maires
ou de leur désespoir
les médiathèques et les lavoirs seront plus ou moins flambants
neufs

à Boudin déjà
80 âmes
chaque année moins
les lampadaires sont
des candélabres à diode électro-luminescente
rarement on a vu aussi beaux lampadaires
trottoirs et église
dans un village fantôme
ils pourront tout acheter
les hameaux
les villages
les maisons
les forêts
les champs
la bonne volonté
ça marchera plus ou moins bien
ça finira par marcher
ils auront un million d'années devant eux
ce sera leur
hyperprojet

*

Connaître l'art d'impressionner les foules c'est connaître l'art de les gouverner
la masterclass impromptue de Pépou a commencé
ça arrive environ
deux fois par semaine
tout seul au petit-déj
enfin avec moi
ce matin
il m'a encore dit
Réessaye au moins je te prends
en CDI
cette fois
je te paye plus que le SMIG
tu peux même faire un mi-temps
t'étais douée
les *public relations* c'est ton truc
j'aurais pas parié dessus
mais c'est vraiment ton truc
t'as la tchatche
l'agressivité
tu comprends vite
et j'ai besoin d'aide je suis débordé
je suis épuisé
épuisé
j'ai besoin de savoir mes filles casées financièrement
ta sœur c'est bon
toi avec le casier qui te pend au nez
tu pourras plus jamais retravailler dans quelque chose de bien
sauf avec moi
quand je t'imagine
quand je t'imagine tous les jours enfermée au Snow Hall
avec ton écharpe en août
en août une écharpe
ça me rend malade
quand je pense à ta maîtresse de CE1 qui m'avait dit

c'est un génie
tu déchiffrais son cahier à l'envers
ta mention TB
et puis bac + 5
Plus 7 je corrige
Et un boulot d'employée même pas le SMIG
Ça fait 50 ans que ça s'appelle le SMIC je réponds
je réessaierai quand tu feras du covoiturage pour aller au Luxembourg je continue
mais il était déjà parti dans ses pensées
il avait relevé le col de sa chemise rose
si ça se trouve il est vraiment sourd
ça expliquerait beaucoup de choses
il met des chemises sur mesure mais
en même temps il se cure les molaires au doigt
à chaque repas
ses clients ils doivent pas comprendre
c'est d'ailleurs ce qu'il a commencé à faire
il regarde son doigt après
je bondis me mets à débarrasser
quand je prends son assiette je remarque
qu'il continue à mettre le parfum que Mémou
adorait
Eau sauvage de Dior
la pub où Johnny Depp danse avec les loups
je m'attarde à côté de son épaule
envisage un contact une main sur le bras peut-être
paf les deux mains sur la table en se relevant Pépou dit
Bon allez en route si je veux pas me taper les bouchons

*

dans le box je n'ai pas vu que tout le monde était arrivé
les robes noires froufroutent au ralenti
je me demande les couleurs de la prison
c'est comment
blanc asile
gris métal désinfecté
les tabliers immaculés du personnel
au sol le béton ciré
ou c'est noir fumée et tas de charbon
briques et rats
avec des fenêtres hautes
soupiraux à barreaux
les condamnés vont y chuchoter leur histoire la nuit
je serai Anna Quangel de *Seul dans Berlin*
je chuchoterai mon histoire à personne
dans le trou
puis je me prendrai une bombe sur la tête
chacun meurt seul et pour soi
jaune pisse sinon
la prison
avec des messages gravés dans le mur
Kevin forever
C'était pas moi
Dieu est seul juge
et les jours restants en bâtons
pire encore
rose
*Baker-Miller pink*
*Cool down pink*
comme en Suisse
un huis clos rose pour plus de bien-être
pour faire baisser les pulsions agressives
les pulsations cardiaques
c'est la pensée du rose
qui me fait fondre en larmes

alors que je m'étais promis de ne rien leur donner
aux gens d'en face au menton raide
quelle couleur le reste de ma vie en prison
blanche noire jaune pisse rose
quand le verdict tombe
je n'entends pas je pense au son de la prison
musique minimaliste
des bruits froids des cliquetis
des bruits de tôle
de naufrage
ou le silence
je vois juste Pépou mettre son visage dans ses mains
ses épaules qui tressautent
quelqu'un me relève par les aisselles
moi ma couleur c'est le vert
vert-de-gris poison
vert compost vert menthe vert asperge
vert serpent de mes yeux
les policiers sans visage referment les menottes
les ajustent serrées aux poignets
clic-clic ils me tirent
un regard vers La Sœur
heureusement que Mémou
que Mémou n'a plus d'yeux
ma couleur c'est le vert
vert sorcière
vert colère
vert furie
À table
à table putain
c'est la cinquième fois que je t'appelle
Pépou dans l'embrasure de la porte
Tu pleures il demande
Tu toques avant d'entrer je réponds

*

Elle est bonne aujourd'hui bordel
Balec dérape en mini-skis
Un peu comme toi il ajoute
clin d'œil
il a schpritzé toute la neige artificielle sur moi
Comment ça se passe avec le pavot je réponds
tu te le déposes à la pince à épiler tous les midis
un silence court
Ah cette Laeti un vrai clown
il lance à la cantonade
alors qu'il y a que lui moi et Nedj
mais juste après je vois la pointe de sa langue
farfouiller
très vite dans sa bouche
Nedj qui se penche un peu fait mine de gerber avec les deux doigts
il bite rien comme d'hab
C'est pas tout ça mais je te paye pas pour que tu fasses tes petites plaisanteries
va me ranger les bottes de snow par pointure un peu
allez il tape dans les mains
je le regarde je bouge pas
ses lèvres qui tremblent c'est infime
je veux le faire bouillir un peu
je me mets en route vers le vestiaire très lentement
je tourne élégamment du cul
ça l'excite je le sais
faut que j'équilibre
qu'il croie qu'on peut encore coucher ensemble
qu'il croie que c'est lui le patron
que je mette encore un peu de côté

*

les échanges de SMS avec Fauteur
sont devenus aussi précieux
que des lettres parfumées

27 janvier 2016 01 h 56
Quand je pense à leurs grosses miches carrées
dans leurs SUV 6 cylindres
leurs gros culs perdus dans leur
océan de cuir finition Lounge plus
et leur kit éclairage violet
leurs X 6 flambant neuves en leasing
fois 100 000 tous les matins sur l'A 31 direction Luxembourg
quand j'y pense et c'est souvent
je me dis il faut faire quelque
chose
vite

02 h 03
Haha
on va faire quelque chose
t'inquiète

*

aujourd'hui y'a les scolaires à La Crasse
une trentaine de primaires avec leur maîtresse
pour l'occasion on a allumé les spots discothèque
Nedj a rendu deux galettes sur la piste
ça fait presque ton sur ton avec la lumière
Balec la raccompagne
ils descendent lentement la pente
*Just a little more love*
*Just a little more love*
*Just a little more peace*
*Is all it takes*
*To live the dream*
*To walk hand in hand*
*We've got to understand*
*And one day soon*
*We'll live in harmony*
la dernière fois que j'ai entendu ça
c'était les nuits à l'Univers
la boîte de la ZAC d'Avril
emplie de cette odeur
de pré-puberté
ces nuits où je comprends
que je suis surtout un corps
parmi les corps des autres
raides qui dansent
dans la mousse
ces nuits-là j'accueille
les mains entre les jambes
avec fierté
l'expression
de ma valeur sur le marché
moi
introduite si simplement
sur la scène du désir masculin
des nuits entières

de comparaisons avec les copines
entre les chemises brillantes auréolées de sueur
la scène presque vide
les tables VIP et le seau de champagne
pour les plus vieux
ceux qui vendent la poudreuse
déjà la solitude
sentir que quelqu'un me manque
qui n'est jamais né
le scintillement de la boule à facettes
chatouille les visages de Nedj et Balec
il lui parle doucement
parfois il oublie de faire son malin
elle a le teint gravier
Madame Nedjma Cherkaoui est patraque gueule-t-il théâtral
quand ils me rejoignent
elle grimace
je dis à Nedj Viens je te ramène ma belle
c'est bon elle est à cinq minutes en voiture je dis
avant que Balec râle
OK mais dépêche-toi y'a slalom à dix trente
je la prends un bras sous l'aisselle
elle traîne des pieds
J'ai plus de force attends on fait une pause elle halète
je suis enceinte elle chuchote
je fais des chutes de tension tout le temps
pendant que derrière nous
Balec gueule des blagues à la maîtresse
avec dedans des femmes et des adjectifs pluriel

*

12 avril 2016 13 h 47
Ce serait bien que tu repasses à la Maison-Lutte
T'es déjà fichée ça change rien
si tu viens ou pas
allez reviens
    13 h 50
    Toi viens me voir
    à La Cave
    écouter Nick
15 h 17
Je peux pas
Oph elle retravaille de jour

après ça
je lui avais plus répondu

je prends le coussin du canapé
il a presque la fermeté d'un humain
le temps que ma chaleur le pénètre
avec le dodu de la couette
ça fera presque comme si
je dormais avec lui
contre son dos de Fauteur qui sent le riz
à caresser les bosses douces
laissées par son acné
j'ose pas lui dire que
je les aime aussi
ces îles
d'un monde qui n'existera jamais
cette nuit je jouis en pensant à Balec et Fauteur qui se prennent

*

eczéma : les deux mains et tout le visage

ce matin j'ai remplacé Nedj au pied levé
j'ai fait six heures
à cause de ça je me tape
une crise d'eczéma quelques heures après
sur tout ce qui est pas couvert
Pépou est inquiet
il dit encore plus rien
mais au moins il a l'air un peu plus là
un peu plus dense
il me fait des cataplasmes sauge - argile - avoine
il sait pas les faire comme Mémou
avec ses mains légères sur mon visage
et sa respiration profonde
elle savait admirablement bien
soigner
sur ma table de chevet il y a encore notre photo
elle avec ses beaux cernes
épuisée souriante
moi six mois
le visage de la même matière
mes yeux vert serpent
sourire victorieux

*

j'écris à La Sœur
Pépou = Raffarin + Sean Connery. Nan ?
elle répond rien

*

On se régale
dit Pépou après cinq minutes de silence
il dit ça à chaque fois qu'il prépare à manger
deux repas par semaine
T'as réfléchi à ma proposition il demande
Non
Réfléchis bien
J'ai réfléchi c'est non
il avale sa soupe directement au bol
Je voudrais que tu déménages
dans trois mois c'est raisonnable
c'est pour toi ma fille
La Cave c'est pas bon
tu pédales dans la semoule
il faut que tu reprennes ton envol
maintenant que t'as repris
du poil de la bête
Que je renaisse de mes cendres je lui dis
sans me brûler les ailes je continue
Faut que tu fasses ton deuil il relève pas
et moi aussi
il se racle la gorge fort
j'aspire sa soupe de carotte en faisant du bruit
ça couvre ma colère à lui exploser les dents
j'irai squatter chez La Sœur peut-être
elle se rendra vite compte de l'arnaque
faudra la ménager
supporter Dans-le-sens-où
non
pas moyen
je dis Tu vas devoir te prendre une femme de ménage

*

il y aura toujours Balec
pire que tout
mieux que rien

*

ils disent qu'il faut que je fasse
mon deuil
mes deuils
ils ont un nom
solastalgie il paraît
moi j'appelle ça mes deuils
de la baignoire remplie de mousse
de la vie à 20° en toutes saisons
de la volupté de la voiture
du bonheur d'accumuler
le deuil des forêts humides
d'une vie sans cancer
le deuil du désir d'enfant
de la légèreté
des lacs gelés en hiver
de se savoir actrice d'au moins quelque chose le deuil
d'une vie consommée
de relations consommées
d'un travail consommé
et de ces deuils
presque
vient le désir d'embrasement
l'envie qu'on m'effondre
plus rapide
plus net
le désir de savoir
et d'en finir tout à fait
pour de bon
le désir de me fondre dans les chiffres
qu'on a tous oubliés sitôt lus
pourcentages et fractions
qui additionnés font
beaucoup trop
ou vraiment plus rien du tout
ça s'appelle

brûler de douleur et faire avec

je connais l'image
des yeux creux de Mémou qui veulent plus rien dire
qui quelques jours avant regardaient encore
avec moi sur l'ordinateur
*Wild Plants* de Nicolas Humbert
et puis la chose minuscule dans mon ventre
y'a plein d'images aussi pour ça
une poussière une étincelle une promesse une graine
des images
sucrées comme la mousse framboise
une ombre une petite brise
curetée comme la bouffe dans la bouche de Pépou
expulsée
la poussière l'étincelle
j'ai jamais très bien su
si c'était Fauteur ou moi
qu'en voulait pas
j'ai tellement de voix dans ma tête
qui scandent
attention tic tac
cet autre compte à rebours
j'ai en persistance rétinienne
l'image de moi dans un EHPAD
avec personne d'aimé pour se souvenir
que j'existe
de toute façon
je serai morte avant
alors
quoi de plus généreux
que de ne pas enfanter
dans ma vie-deuil
et dans ce monde
trou noir

*

je ne suis pas assez couverte
invisible dans le brouillard
et le froid pinçant
je cours sur le chemin des remparts
en bas
la rivière est en crue
l'eau-boue recouvre des racines
et pourtant
la floraison des magnolias est terminée
depuis longtemps
leurs bourgeons étaient prêts
depuis janvier
c'est le début du printemps et
déjà
l'été nous menace
l'air est d'un seul bloc
comme mort
il ne bourdonne plus
un papillon blanc au liseré orange
erre
désespérément seul
les canards cancanent quand je passe
entre les branches entrelacées
les Heineken étincelantes
les herbes hautes
dans le morne du matin
je cours vite et droit
pionnière dans la ville
je croise un homme
comme j'aimerais que ce soit lui
mon camarade
même invisible
le fou calme celui du film
la première fois qu'on le voit on entend d'abord
le bruit de roulis de petits cailloux dans la terre

sous un râteau de la taille d'une main
il gratte
le bruit doux des voitures l'accompagne
elles sont loin
l'éclairage est faible comme dans les villes de province
l'homme maigre agite ses mains autour de lui
le poing d'abord fermé s'ouvre
magicien
il jette des graines invisibles sur un rond-point
le fou calme
pas dérangé
par l'alarme proche d'une voiture
il continue doucement
pas menacé
sur la bande centrale d'une deux voies
il y a déjà de petites marguerites au sol
il fait ça dans l'orage violet
il y a des choses belles

*

aujourd'hui je suis venue au travail
beaucoup plus tôt
il est 5 heures du matin et il fait encore nuit
je suis venue
pour le plaisir seul de sentir qu'un endroit
m'appartient
quelques heures suffisent
pour goûter l'écho dans les vestiaires
l'absence au comptoir d'accueil
le sombre des pistes
je m'assois sur un parpaing du parking
mes genoux craquent
je commence à me rouler
une rare clope
en me demandant
ce que j'ai fait jusqu'à maintenant
comme si j'étais née aujourd'hui
31 ans de rien
ou pas grand-chose
peut-être qu'ils ont raison
quand ils disent que
j'aurais dû continuer
les métiers avec les responsabilités
les perspectives de promotion
les échelons de salaire
les machines à capuccino
en illimité
je savoure
le geste précis
la méditation qu'il exige
j'ai mis du temps à savoir rouler
de vingt à trente ans je le faisais faire
par n'importe quel mec qui passait
jamais on ne m'a dit non
il suffisait

d'avoir l'air peu assurée
timide gênée
ça ne marche plus si bien
il faut
répartir le tabac parfumé sur la longueur
également
ni trop ni pas assez
humecter le collant
au goût plaisant
ni trop ni pas assez
puis envelopper serrer fermement le tabac friable
sans grosseur au centre du cylindre
dense
j'allume la clope avec le Zippo
offert par Fauteur
ce bruit de soufflerie est le plus plein que je connaisse
il y a fait graver un petit cœur
en bas à gauche de la face arrière
j'avais mis quelques jours à le remarquer
c'est tellement ridicule
que ça finit par me plaire
je suis seule dans le parking
enveloppée
goudron et air
noirs concrétés et masses différentes
abandonnée avec la ville
de Thermes-les-Bains
déposée entre
les îlots de loisirs
bowlings et piscines et complexes
restaurants de burgers faits maison
lumières pleines d'attente et parkings nostalgiques
à cette heure
la ville est au seuil
de la mise en route
bientôt les premiers curistes
arriveront

épuisés par l'heure
et l'âge
ils quitteront l'hôtel Roi Soleil comme un décor de théâtre
traverseront le parking à petits pas
l'avant de leurs pieds dépassera de leurs tongs gratuites
gênés quand même
ils se rendront aux soins
du centre Thermacité
là
ils s'immergeront dans les cuves brûlantes
d'eau ou de boue
dans les vapeurs de fer
les yeux accrochés à un détail
du mur
n'osant espérer – superstition –
une amélioration ou résignés simplement
passagers de leur corps
mais pour l'instant
seul le bruit de cette feuille qui racle légèrement le goudron
et les cris indistincts des animaux du zoo
se font entendre
dans la fumée
je peux me croire
survivante d'un cataclysme
qui n'a pas encore eu lieu
peut-être qu'un jour tout s'arrêtera
pas brusquement
le poulet continuera à courir
de moins en moins vite
une fois sa tête tranchée
mais tout s'arrêtera et nombreux nous serons
qui caresserons l'idée de
l'idée d'un changement
je souffle la fumée en pouffant
un cri lointain
singe éléphant ou corbeau
annonce l'arrivée du matin

*

avec Nedj notre passe-temps préféré à l'accueil
c'est imiter Balec
qui fait semblant de travailler sur la piste
le dos courbé il fait des allers-retours
de haut en bas
s'il pouvait il boiterait pour nous montrer
comme le travail l'épuise
il nettoie les sièges de la remontée mécanique
pschitte de l'antigel un peu partout
et soupire
il est débordé
y'a aucun client depuis deux heures
Nedj et moi depuis quelque temps on dessine des BD
dont Balec est le héros
dans un petit carnet MALLORCA que Nedj avait ramené
de chez elle
une fois ils nous a calées
Vous écrivez quoi là
Mon testament j'avais dit
Oublie pas de tout me léguer il avait répondu
je sens que c'est pour bientôt il avait conclu

*

eczéma : 75 % de l'avant-bras droit

post-it n° 19

• disparition de la biodiversité
1000 × > taux naturel d'extinction des animaux
• crise actuelle = 100 × + rapide
que dernière extinction naturelle (dinosaures)
• 75 % environnement terrestre
40 % environnement marin
50 % cours d'eau :
signes importants de dégradation
• sur 105 732 espèces étudiées :
28 338 classées menacées

*

3
2
1
play

*There's the moon asking to stay*
*Long enough for the clouds to fly me away*
*Well it's my time coming i'm not afraid*
*Afraid to die*

à 20 heures pile
tous les dimanches
on écoute la même chanson
en même temps
*Grace* de Jeff Buckley
Ça te dérange pas d'écouter la même musique depuis
que t'as 15 ans
Fauteur m'avait dit
quand on pouvait encore se parler
il aimait bien me faire la leçon
m'apprendre la vie
parfois je faisais semblant
d'être intéressée
ce jeu entre nous manque
j'espère qu'il joue encore
notre chanson
le dimanche à 20 heures

*Wait in the fire*
*Wait in the fire*
*Wait in the fire*
*Wait in the fire*
*Fire*
*I'm not afraid to go*
*but it goes so slow*

c'est étrange qu'il me plaise encore
trapu mais la peau laiteuse
je crois
que c'est son intensité en tout
sauf avec moi
qui m'attirait
je lui plaisais par intérim
il n'a jamais été aussi
concret
solide
depuis qu'on ne peut plus se voir
je suis sûre
qu'il ne m'a jamais autant aimée
c'est souvent qu'il rit
mais le regard suit pas
ses canines qui ressortent légèrement
carnassier presque
quand il m'avait dit

Bien sûr qu'un jour je partirai avec toi

*

on vient de visiter un appart pourri
avec Pépou
Il est pas mal non Pépou dit
après avoir redémarré
Hum je réponds
puis le reste c'est du
silence
à chaque fois que je prends
la voiture avec lui
je me rappelle ce trajet
après la garde à vue
il faut s'imaginer
en quelques minutes de trajet
Pépou grille toutes ses cartouches de mots
pour une année
c'était le 26 avril
2016
Pourquoi t'es allée te fourrer dans cette galère
avec ces gens violents
pourquoi tu peux pas faire comme tout le monde
toujours à faire ton intéressante
et encore je suis gentil – un silence
une vraie furie
et Pépou tapote sur le volant hyper vite
tikitikitikitikitikitikitikitik
Parfois je me demande il dit
moi je dis rien
je joue
fa la fa la fa la fa la fa la fa la
la do la do la do la do
Je te parle hurle Pépou alors je pose mes mains sur mes cuisses
il comprend ce que je fais il a l'habitude
je pense
aux Furies de la mythologie romaine
= les Euménides dans la mythologie grecque

= les Bienveillantes
question de point de vue en somme
je ne le dis pas à Pépou
il serait pas d'accord
tikitikitikitikit il tapote le volant
je ne dis pas à Pépou
que Fickange c'est qu'une étape
avant le bouquet final
de Boudin
on veut enfouir les déchets nucléaires de toute la France
sous nos pieds
à Boudin
et tout le monde continue de regarder The Voice
deux fois par semaine un train plein de déchets nucléaires
va passer
limite dans ton jardin Pépou
et une fois enfermées les radiations saucisson
sortiront
aussi lentement que possible
bien sûr
Tu connais le morceau de John Cage
*As slow as possible*
je demande à Pépou
ma voix sonne plus aigu
que je ne l'aurais pensé
Pépou continue
tikitikitikitikitikitik sur le volant
*Organ²/ASLSP* c'est son titre exact je continue
Cage ne définit pas la lenteur
à laquelle le morceau doit être joué
c'est *as slow as possible* juste
ça veut dire
aussi lentement que possible
alors à l'église Sankt-Burchardi d'Halberstadt
en Saxe-Anhalt
c'est en Allemagne
à l'est de l'Allemagne

on a décidé que le morceau durerait 639 ans
si tout se passe bien
il finira en 2640
à chaque nouvelle note
une cérémonie a lieu
au cours de laquelle des tuyaux sont ajoutés à l'orgue
petit à petit
et l'orgue joue en permanence
il est entouré d'un cube d'acrylique transparent qui étouffe
un peu le son
et l'exécution
l'exécution du morceau a commencé à Sankt-Burchardi
par un silence
du 5 septembre 2001
au 5 février 2003
Qu'est-ce que tu me parles de John Cage
qu'est-ce que j'en ai à foutre
qui en a quelque chose à foutre de John Cage
atterris mais atterris
John Cage c'est je commence
Putain
je vais te chercher au poste et tu me parles de
je sais pas qui
tu tournes à vide
à vide
tu m'inquiètes
vraiment ma fille
tu m'inquiètes

depuis on ne se parle plus vraiment
pas qu'on se soit parlé beaucoup avant
mais quand même

quand j'étais petite je rêvais souvent
que j'étais adoptée
mon père un grand brun distingué
en chemise blanche

ma mère blonde et cheveux bouclés
je l'avais dit à Mémou
comme ça
parce que je lui disais beaucoup
je crois que c'est la première fois
que je l'avais vue pleurer

*

y'a l'opération séduction sur Balec qu'a commencé
je pressens que ça va être assez facile
mais qui sait
il est plein de surprises
faut que je reste prudente quand même
pas que je me fasse endormir de nouveau
qu'il me convainque par inadvertance
comme à chaque fois que je couche avec lui
par fatigue
flemme
pitié pour lui
et pour moi
il cuisine bien ce con il est végane en plus
mais genre végane déforestation
il adore le rayon *healthy* du Auchan d'Aussécourt
l'huile de coco les avocats
il met tout ça le samedi après-midi dans le coffre de son SUV
après être passé au drive
il coupe pas le moteur bien sûr
s'il pouvait il couperait jamais le moteur
toute la journée il laisserait le moteur
toute la nuit
comme ça on démarre plus vite
et toutes ses bonnes bouteilles qu'il achète aussi
ça endort bien
ensemble on a la descente facile
que de la biodynamie même s'il y comprend pas grand-chose
tous les soirs ou presque
il me faisait des massages divins
à l'huile de noyau d'abricots
pas dégoûté
par mon eczéma
c'est pas Fauteur qui aurait fait ça
pour lui je le cache
alors la dernière fois je suis restée

avec Balec
chez Balec plutôt
malgré mon ennui
sans fond
impossible à cacher
attachée à lui comme on est attaché
à un chien
encombrant tout épris
Salut Tom je souris
Ah c'est Tom aujourd'hui
que me vaut cet honneur
Je sens que ça va être une bonne journée je lui dis
tu crois pas
il reste bloqué
il s'accorde un petit temps de compréhension
sans succès
Va à l'accueil y'a Nedj qui fait nimp'

*

1er mai 2017 6 h 32
T'as vu un médecin pour la vitamine D
prends en ampoules c'est ce qu'il y a de mieux

9 h 47
Je te rappelle de prendre la pilule moi
personne n'a envie de voir à quoi ça ressemble
un mini-Marc

9 h 50
Va te faire soigner

*

post-it n° 35

certains scénarios de la Nasa envisagent
un embrasement des terres émergées
quand on étudie le planisphère des feux
on se rend compte
que les foyers se rapprochent de plus en plus
les uns
des autres

*

Balec est assis depuis 30 minutes sur un télésiège
en hauteur
on vient de remarquer par la baie vitrée de l'accueil
y'a plus rien qui bouge
c'est pour ça qu'il essayait de nous appeler sur le talkie
depuis un petit moment déjà
on répondait pas
avec Nedj
on était en pleine impro-imitation de Balec
ses nausées sont terminées elle est à trois mois et demi
je sais pas ce que je vais faire quand elle partira en congé
Nedj
elle est au premier abord
si discrète
que sa drôlerie n'en est que plus délicieuse
on peaufinait le ton des répliques de Balec
on improvisait des scénarios
quand on a fini de se foutre de sa gueule en le voyant
se balancer dans la brise artificielle
je prends mon thermos de thé
me rends sur la piste
là j'appuie sur le bouton vert
le manège redémarre
Balec a dû lire le papier de terrepourtous.fr
le titre c'était
*Ski-dôme de Thermes-les-Bains :*
*entre aberration écologique et gouffre financier*
je m'installe sur un télésiège pour le rejoindre en haut
il doit avoir froid ce con
il a pas ses gants je crois
je descends et l'attends bras croisés
mais une fois arrivé en haut il reste collé sur son télésiège
et lentement
il fait le tour du pylône
et redescend raide

moi je reste en haut de la piste et le regarde s'éloigner
Tu déconnes là Balec je gueule
je sais pas si je dois l'attendre ou redescendre
finalement je dévale la piste en courant
je me ramasse une fois en fin de parcours en l'insultant
j'ai mes vieilles Vans toutes lisses
il descend un peu plus lentement que moi
dans le froufrou du bruit du télésiège et le cliquetis des canons à neige
j'arrive en bas essoufflée
j'ai le bout des doigts violets
il s'approche assis
tout il fait tout pour que nos regards
ne se croisent pas
son siège amorce la courbe
Allez descend fais pas le con
il descend pas j'essaie de l'attraper il se couche sur le siège se cramponne
impossible
je lui tape le tibia de la paume
déjà il est à deux mètres
il se relève un peu plus tard
son cou est raide
j'imagine son expression qu'il veut digne
je lui gueule dessus maintenant
il a pété une durite ou quoi
il va faire le tour ad vitam aeternam ou quoi
ça dure une plombe
on entend juste le roulis du mécanisme
Putain je dis
en haut il tourne de nouveau
J'appelle les pompiers je gueule
j'appelle les pompiers
lentement il approche à nouveau
c'est long
encore plus qu'une nuit avec lui
Nedj est sortie de la loge me ramène mon manteau

Il a déjà fait le coup y'a deux ans elle dit
après l'article de La Voix de l'Est
elle l'observe les bras croisés
elle a tout vu Nedj
elle retourne à l'accueil des clients sont arrivés
Y'a des clients je crie à Balec y'a des clients
son télésiège s'approche de moi à deux à l'heure
on dirait qu'il fait exprès
Y a des clients Tom plus doucement
il arrive en bas
carré dans son siège
avec cette expression que je ne lui connais pas
cette fois il descend en trébuchant
il est très pâle les lèvres violettes
moi aussi je tremble
il faut toujours maintenir
une température de – 2 degrés Celsius
sur les pistes
on dirait qu'il a pleuré
je vais chercher la couverture de survie dans la guérite
je la mets sur ses épaules
T'es con ou quoi je dis
qu'est-ce qui t'arrive
J'ai trouvé votre carnet il dit
t'es mauvaise
profondément mauvaise
je pourrais vous virer tu sais
je marque un temps
Mais
c'était pour rire
je le prends dans mes bras un moment
lui tapote le dos
puis on se décolle sans se regarder
je dis Pardon
il dit rien

*

eczéma : joue et avant-bras droits

je sonne chez La Sœur
et Dans-le-sens-où
elle ouvre la porte me fait sursauter
Tes chaussures s'il te plaît me dit La Sœur suppliante
en me forçant des charentaises Welcome dans les mains
l'idée de tous les pieds qui ont macéré dedans m'arrache
une grimace
quand je passe à côté d'elle
je perçois son léger mouvement de recul
une fraction de seconde
dans la lumière colorée
des vitraux du couloir
C'est pas contagieux je dis
De quoi elle répond
Laisse tomber
je ne sais pas pourquoi ils m'invitent
ça leur prend de temps en temps
parfois c'est un guet-apens avec un mec
mais la dernière fois ça s'est tellement mal passé
avec le développeur que Dans-le-Sens-où avait dégoté
au boulot
– il portait un keffieh alors ils s'étaient dit ça devrait marcher –
qu'ils ont probablement décidé de s'abstenir un moment
Ce soir c'est raclette dit Dans-le-sens-où
en finissant d'écrire un SMS
avant de me claquer
une bise indifférente
je regarde La Sœur qui me fait ses sourcils impuissants
Je suis végane je lui réponds
t'as encore oublié j'imagine
Désolée il voulait absolument une raclette renchérit La Sœur
il y aura les patates et la salade
je peux te faire du tofu en plus elle continue

Nan c'est bon j'ai pas très faim je dis
Tu pourras goûter un peu ça doit te manquer le fromage
la ramène Dans-le-sens-où
comme à chaque fois
en tout cas ça le fait rire
comme une première fois
Assieds-toi
Comment ça va depuis l'anniv' demande La Sœur
avant que je réponde Tu veux boire quelque chose
Ouais je veux bien goûter le vin que j'ai ramené
Biodynamique ouhlala qu'est-ce que ça vaut ça
Dans-le-Sens-où scrute l'étiquette
C'est le truc où ils enterrent des cornes de taureau au pied des vignes et ils chantent à poil sous la lune pour faire pousser le raisin plus vite il dit
personne répond
Nan mais dans le sens où c'est un peu ésotérique cette histoire
Moi ça va
beaucoup d'eczéma je dis à La Sœur
et puis Pépou veut que je vire de La Cave
Je sais Mamipié m'a dit répond La Sœur
elle débouche le vin avec une grande énergie
Tu vas faire comment
l'air détaché
là je vois que Dans-le-sens-où ne respire plus
je prolonge un peu
dieu
que
j'aime
ça
Je pensais justement vous demander si je pouvais rester
chez vous
après quelques secondes je dis
C'est une blague
les deux font semblant de rire
Je vais essayer de m'incruster chez Balec j'ai pas le choix
Balec – Thomas Balquin elle demande

quoi vous êtes de nouveau ensemble
mets-toi à côté de Marc je fais une photo pour Mamipié
dit La Sœur sur un tabouret
ce serait bien que tu l'appelles de temps en temps elle continue
Non pas vraiment ensemble je dis
Chut la photo
Dans-le-sens-où et moi on grimace une seconde
on vient de s'effleurer
ça fait un faux clic
Tu disais quoi continue la Sœur
Je disais non
je disais on verra
Toi ça va le boulot je demande à La Sœur
et Dans-le-sens-où la tronche dans Twitter qui le prend
pour lui
Ben moi j'ai encore été promu figure-toi
je gère une équipe de 27 personnes
défile défile défile
Pas mal de bras cassés
la moitié du temps en arrêt maladie
pas évident de gérer tout ça beaucoup de pression
mais financièrement je m'y retrouve bien
La Sœur lui verse un verre de vin à ras bord en soupirant
Bon y'a juste les bouchons il continue
qui me pourrissent la vie
Pourquoi tu prends pas le train je demande innocente
Je t'ai déjà dit il faudrait que j'aille à la gare en voiture
et que je me gare
ce serait compliqué
Tu gagnerais du temps j'enchaîne
Dans ma bagnole je suis tranquille il dit
j'écoute la radio que je veux
Du covoiturage alors je continue
tu pourrais te faire des amis
discuter modèles de SUV et week-ends à Bali
Oh on a pris l'avion qu'une fois l'année dernière s'intercale
La Sœur

et c'était pour un mariage
Et financièrement tu t'y retrouveras encore plus je continue
J'ai pas envie en fait continue Dans-le-Sens-où
il plisse les yeux comme si j'étais devenue floue
De me taper Jean-Claude et Josiane dans ma bagnole tous les matins
La Sœur me sert un verre encore plus rempli que celui de Marc
Allez on trinque elle essaye
Je vais aux chiottes je dis
dans la salle de bains nuance cuisse-de-nymphe-émue
comme à chaque fois
j'essaie une par une les crèmes de La Sœur
des portions généreuses
Tata Harper Elixir Vitae The Ultimate Wrinkle Solution
La Prairie Skin Caviar Luxe Cream
Embryolisse crème anti-âge global soin restructurant nutritif
je me fais une palette sur la main
et je mélange tout
j'étale ça sur mes avant-bras et mes mains sclérosés
d'eczéma
je devrais pas ça pique mais ça sent Mémou
dans sa caisse à rouge à lèvres je pioche je sors un tube
Rebellious Rose d'Esthée Lauder
je l'embarque ça m'ira mieux qu'à elle
elle s'en rendra compte mais elle a encore une robe à moi
en otage
la dernière belle robe
que Mémou m'avait offerte
quand je la mets on dirait qu'on m'a déguisée
je prends ensuite une poignée bien chargée d'échantillons dans sa boîte dédiée
j'entrouvre la porte doucement j'écoute
Marre d'être rabaissé d'autant plus qu'on fait plein d'efforts
regarde son putain de lombricomposteur on l'utilise
cadeau de merde
de toute façon
avec elle

c'est jamais assez ou c'est toujours trop
Marc s'il te plaît essaie de contrôler ta colère on va faire l'exercice d'Éric
inspirer doucement
souviens-toi la bienveillance
et expirer
De l'alcool je dis en rentrant dans le salon
Je te promets Laeti menace La Sœur
Dans-le-sens-où avale vite la biodynamie
vu le nombre de cadavres de bière sur la table il doit en être à sa septième
Tu sais moi aussi j'ai changé mes habitudes Dans-le-sens-où éructe
madame je bouffe de l'humus et des fanes
j'achète des fringues produites en France quitte à y mettre le prix
je mange de la viande plus que quatre fois par semaine
je fais mon compost j'achète à l'Amap
je fais ce que je peux
C'est trop tard pour faire ce qu'on peut je dis
c'est l'heure de faire le nécessaire
Tu parles en banderoles toi maintenant Dans-le-Sens-où la ramène
c'est pas notre système qui s'effondre c'est juste toi il enchaîne
Ouh t'as travaillé tes répliques bravo j'applaudis
Toi et tes petits airs supérieurs
tu nous as toujours pris de haut il me répond
vu d'où je viens personne aurait parié sur moi
alors ouais je suis fier de ma grosse montre
et de ma grosse bagnole
j'ai pas le luxe de me la jouer
retour aux sources et la vie dans les forêts
moi je peux pas retourner chez papa maman si je perds mon boulot
et j'hériterai pas d'une villa six pièces dans le centre-ville
alors à partir de dorénavant
tes leçons tu peux bien te les foutre dans le

Bon Marc
lapin
allez c'est prêt on mange ordonne La Sœur
On essaie tous de faire redescendre elle continue
Laeti s'il te plaît tu sais bien
et Marc on va essayer de parler d'autre
Attends on n'a pas encore parlé de la viande et de l'avion je dis
et des – 10 degrés mardi dernier
qui mettent sérieusement en doute le réchauffement climatique
Tu m'ôtes les mots de la bouche
dit Dans-le-sens-où qui se verse un shot de whisky
ses glougloutements emplissent la pièce
il chope quelques cacahuètes qui lui graissent les doigts
puis en me fixant bien droit dans les yeux
il mobilise ses dernières capacités de motricité fine
et d'un geste lent
s'empare de
quatre tranches de salami
trois de mortadelle pistache
deux de jambon fumé – *pata negra* –
et sept de saucisson qu'il compte crescendo
Un deux trois
quatre cinq six
**SEPT**
cette bouchée Laetitia
la chair pend de ses doigts à l'entrée de sa bouche
Je te la dédicace
et il enfourne tout
il doit plier pas mal pour que ça pénètre entre ses lèvres charnues
Marc chuchote la Sœur
il essaie de fermer sa grande bouche
mâche mâche
puis inspire un coup sec
mais pas de la bienveillance cette fois
Lapin non
La Sœur s'est levée

il nous regarde effaré
se lève les mains sur la gorge
Crache lapin recrache
Marc – elle lui fourre les doigts dans la bouche
de la bouillie de chair en ressort baveuse –
il passe vite du blanc au rose
un court passage par le cuisse-de-nymphe-émue
vire au rouge
Tousse crache Marc panique La Sœur
il n'en fait rien ses yeux nous interrogent
Laeti aide-moi appelle
les secours aide-moi
je tape dans le dos de Dans-le-sens-où très fort
Tape tape je dis à La Sœur qui peine à respirer elle aussi
tape avec moi je dis à La Sœur
et on tape comme des dératées sur son dos de buffle
La Sœur fait Han
han
han
à chaque fois
le visage est carmin
une touche lie de vin
de plus en plus prononcée
alors j'empoigne Dans-le-sens-où par derrière
Qu'est-ce que tu fais hurle La Sœur
et j'enfonce mes deux poings à peu près sous le diaphragme
violemment dans le gras
une fois
deux fois les échantillons de parfum s'étalent par terre
trois fois il se plie en deux difficile de garder le contact
il est grand ce con
quatre fois
tout ce que j'ai volé dans la salle de bains est désormais
sur le tapis
cinq fois et là un borborygme
rocailleux un truc inouï
six fois je rajoute un coup pour la route La Sœur a lâché prise

Arrête
il dit d'une voix liquide
une toux
de la bouillie qui sort
des tentatives d'inspirations hachées
c'est un animal
Respire lapin
La Sœur tente
des bruits de siphon interminables et nous qui retenons notre souffle
le gros est évacué
Dans-le-sens-où arrive à respirer par petites gorgées
il rote
tousse
et pleure
Mon chéri ça va parle-moi
ça va dis-moi si ça va continue La Sœur en hoquetant
lui essaie de respirer

on s'assoit tous les trois
trois tas haletants
Ding le portable de Dans-le-sens-où fait
Faudrait quand même aller à l'hôpital je dis
mon regard ne se détache pas
de mes chaussons
Welcome <3

*

Si vous contractez comme ça vous ne pourrez jamais accoucher
Pourquoi j'accoucherais je viens d'avorter
je réponds à la gynéco
Ça m'étonne pas elle répond
faudra pas se plaindre si vous faites des fausses couches les prochaines fois elle ajoute
à votre âge j'avais déjà deux enfants elle continue
Félicitations je lui réponds
elle a un bon coup de spéculum
elle qui m'a serré la main si mollement
furtivement
ma main cabossée d'eczéma
« ttt » elle fait avec le bout de la langue quand son gant ressort rouge

une fois dehors je lis un message de Balec
Viens quand tu veux à la maison
tu sais que tu es toujours la bienvenue

*

post-it n° 37

« La ville de Nagasaki était l'enfer de ce monde.
Je marchais en évitant les cadavres.
Ils étaient déformés, ensanglantés, brûlés.
Une odeur épouvantable flottait dans l'air.
Des gens sur le point de mourir demandaient de l'eau,
en gémissant de douleur.
Toutes les maisons de bois étaient écrasées.
Plus je m'avançais vers le nord, pire c'était.
J'étais prise de terreur. Je criais : "Yukio, Yukio !" »

Aki Shimazaki, *Hotaru*

*

je suis allée dans la chambre bibliothèque avant de partir
là où on avait installé le lit de Mémou
aménagé la banquette où elle aimait lire à l'heure de la sieste
avant
avec beaucoup de coussins
déjà je pensais que ça allait venir
que c'était imminent
pourtant
elle allait vivre encore quelques mois
même si
elle avait déjà
changé d'odeur
je lui en voulais
elle portait son pull angora
vert d'eau
je lui massais les pieds avec de l'huile d'avocat
une heure par jour pour que ses yeux troubles
se ferment
je m'étonnais que ses pieds soient si chauds
son visage était déjà le souvenir de son visage
d'avant
avant
j'aimais son rouge à lèvres corail
ses clips aux oreilles un peu lourds
c'était joli
parfois après le massage
je coupais puis limais ses ongles de pieds
en lune
lui mettais du vernis protecteur
je posais sur un tabouret l'ordinateur
au niveau de sa tête
pour regarder le film
parfois on faisait tout ça avec La Sœur
chacune un pied
une des rares choses qu'on ait jamais réussi à faire

ensemble
quand j'étais seule je jouais *Wild Plants*
et je massais et Mémou écoutait
elle ne regardait déjà plus rien
sauf le rose de ses paupières ou le blanc du plafond
attirée par la lumière du lustre
comme les nourrissons
et les phalènes
et aux moments du film qu'elle reconnaissait
elle souriait imperceptiblement
je le savais quand ses orteils se pliaient
parfois
elle parlait pour demander quelle saison on était
où en étaient les tomates
et elle disait qu'elle mourait
qu'elle mourrait
quand elles seraient mûres
et qu'elle voulait être enterrée
sans cercueil sans rien
à leur pied dans le jardin
comme du terreau
Comme un trésor je lui disais
ça faisait plier ses orteils
je lui disais oui
oui je lui en voulais
de faire exister sa mort
mais je lui disais oui
même si
on était au début de l'hiver
c'était notre mensonge
c'étaient les moments où elle pouvait encore parler
hachés de plus en plus
par ses rêves éveillés
le plafond
c'était une salle de projection de ses rêves
elle les égrenait tout haut
les chevaux de Zeus qui pleuraient des bouquets de fleurs

des tartines volantes qui se désagrégeaient
des missiles convexes prêts à décalquer
de plus en plus
c'était un cadavre
exquis
c'étaient ses cauchemars
c'étaient les morphiniques
avait expliqué le médecin
je me souviens de la présence de Pépou
dans l'encadrement de la porte quand elle délirait
dans mon dos son souffle difficile
même à ce moment-là incapable de chaleur
un bloc de gêne
gonflé de secret
un peu après
c'était le printemps d'il y a deux ans
il nous avait caché que le cancer de Mémou
s'était métastasé
alors qu'elle n'était déjà plus capable de nous appeler
moi j'étais en formation permaculture
en Ardèche
un truc prévu de longue date
et cher
j'avais hésité à y aller
laisser Mémou
elle m'avait dit
Vas-y ma fille
La Sœur était restée
mais elle ne savait pas non plus
un mois de sa compagnie il nous a volé
par habitude de mentir
pour protéger
oui je le revois
là dans l'embrasure
inquiet mais incapable
incapable d'envelopper
avec une rancœur encore plus intense

celle de celui qui va rester
et qui ne s'y attendait pas

il a fait mes cartons déjà
tout bien rangés dans ma Cave et même les posters
il les a enlevés
enroulée la reproduction de J'accuse
les vieilles affiches de Bob Marley
de Korn et System of a Down
pliés
mais surtout
mes post-it ôtés du mur
étalés sur le bureau
tout leur classement parti en poussière
je les regarde
vulgairement éparpillés
l'écriture est changeante
parfois si fine et soignée
il faudrait une loupe pour la lire
parfois épaisse et rapide
Putain je dis
je les range en tremblant dans la boîte en bois marqueté
que Mamipié m'avait offerte
chez Balec je ne pourrai pas les épingler
mais je continuerai
ils resteront dans la boîte
je la ferme
à clé

avant de partir j'ai fait un petit cadeau
à Pépou
la nuit
j'ai pris une pince bien coupante dans le garage
j'ai ouvert le capot de sa voiture en essayant de ne pas faire trop de bruit
et j'ai coupé
coupé tous les fils que j'ai trouvés

les rouges les bleus les verts les jaunes
tout ce qui dépassait je l'ai coupé
et j'ai refermé le capot
délicatement

*

aujourd'hui je suis arrivée à l'heure
avec ma valise chez Balec
il m'a ouvert la porte avec un grand sourire
sincère
ça m'a serré le cœur
qu'il croie que c'était un retour au bercail
une boucle qu'on boucle
un juste retour des choses
Je te préviens on n'ira pas au boulot ensemble
je dis
je fais rouler ma valise sur le carrelage taupe tout neuf
je monte l'escalier en colimaçon de pseudo-architecte
comme c'est laid chez lui
ça m'étonnera toujours
puis je dis que j'ai une migraine
que j'ai besoin d'être seule
il dit Tu veux que je te fasse une tisane
je dis Nan
il dit OK
je dis Merci
il dit Je fais un curry vert ce soir ça te va
je fais celle qui a pas entendu

*

post-it n° 48

non-fleurs de silicone
ultra-violettes
fractales
objets fleurs
artefacts
conçues par un designer spéculatif en collaboration
avec des biologistes de Bangalore
afin d'attirer les syrphes
des espèces de non-abeilles qui pollinisent beaucoup
et disparaissent encore plus

*

bientôt elles seront mûres
les tomates de Mémou
et quand je recueillerai leurs graines
je ferai comme l'homme maigre
le fou calme
je les extrairai
séchées
assise à la table de cuisine bancale
des graines de tomates
et d'autres plantes aussi
et comme lui j'expliquerai tout bas
comme si je parlais pour moi
– ce sera sûrement le cas –
qu'une plante pionnière peut germer
dans peu de terre
qu'elles préparent le sol pauvre la terre vierge
que les plantes pionnières ce sont des fleurs qui peuvent
qui peuvent germer
dans les fissures du béton
c'est une subculture
l'avant-garde des plantes
elles seront mes camarades
elles qui provoquent le changement à partir de rien
comme lui j'évoquerai mon pacte avec les plantes
un *perpetuum mobile*
j'émietterai
éviderai
disperserai
ça donnera des graines de violet à jaune
dans une passoire en inox
je comprendrai leur langue et leur désir
au fur et à mesure du temps
et je les assouvirai
ce n'est pas si facile
j'expliquerai

que certaines plantes
les chardons aux ânes par exemple
piquent
comme si elles ne voulaient aller nulle part
mon travail et celui de la plante
ce sera un dialogue très difficile à décrire
quelque chose de tranquille

les choses qui soignent
je penserai
poussent surtout dans des non-lieux
des niches

*

Arrête de regarder ma manucure
Quoi
À chaque fois tu fixes ma manucure je sais ce que ça veut dire
j'ai pas honte de prendre soin de moi La Sœur continue
C'est même pas que je trouve ça moche
c'est juste
qu'on reconnaît plus tes mains avec la peinture dessus
on dirait des mains d'androïde greffées
tu sais d'ailleurs que le vernis à ongles
c'est de la laque de voiture je continue
Oui tu me le dis à chaque fois qu'on se voit
et toi Laeti tu sais que ton haut H&M il est fait
par des esclaves au Bangladesh
Tu sais que Netflix c'est environ 15 % de la bande passante mondiale je réponds
vous devriez peut-être vous trouver un autre passe-temps
avec Marc
comment il va d'ailleurs
j'espère qu'il a au moins quelques séquelles
elle ne relève pas Il va mieux
Il aime toujours autant la charcuterie
Il s'est fait un saucisson entier en ton honneur elle continue
sinon j'ai eu un appel de Pépou elle change de sujet
Et alors
Sa voiture les fils de sa voiture
Eh ben quoi je lui dis
qui te dit que c'est moi
Tu te fous de moi elle enchaîne
Oui je réponds
Qui va payer les réparations
je renifle
Il a bien une assurance
cette voiture c'est la prunelle de ses yeux
Il était en pleurs au téléphone appuie La Sœur
ça t'apporte quoi de faire ça

il t'accueille chez lui et voilà comment elle finit pas
c'est violent
et ça le fout dans la merde
il doit prendre le bus pour aller à la gare
puis le train
il a trois heures aller-retour par jour
C'était pareil en SUV je réponds
ça fera toujours une voiture en moins sur les routes
pendant quelques jours
c'est déjà ça
et puis comme ça il verra
qu'en train c'est pas si terrible
il avait qu'à pas me virer de chez lui
alors que je suis en galère
qui fait ça
quel père fait ça
Je croyais que t'étais immature mais c'est pire que ça
t'as un putain de grain
parfois avec Pépou on se demande
si on doit pas te faire interner
T'aurais plus de témoin de mariage
ce serait contrariant
comment ça avance les préparatifs j'enchaîne
elle caresse machinalement sa manucure
ça a l'air si doux ces couches de colle superposées
On est en galère de photographe
Marc ne fout rien
sa mère me harcèle
je suis débordée
et je ne sais pas quelles chaussures choisir
ça fait six mois que je cherche en ligne
je suis épuisée
Tu détestes ta vie un peu je lui dis
Et toi tu détestes ta non-vie elle répond
Je l'aime plus que ta manucure je rétorque
elle pianote sur son téléphone
Bon allez

j'ai un *conf call* dans 10 minutes
tâche de foutre la paix à Pépou
t'es pas la seule à souffrir sur terre
elle tente de m'embrasser je l'esquive elle soupire et se barre

*

post-it n° 49

*It began when they come took me from my home*
*And put me in Dead Row*
*Of which I am nearly wholly innocent you know*
*And I'll say it again*
*I am not afraid to die*

*

ce soir c'est sabbat
j'ai mis le réveil à 3 heures du matin
comme d'hab Balec dort comme un sabot
j'ai dormi tout habillée
devant la porte d'entrée le matos est encore là
le seau la colle la brosse les rouleaux
la nuit
est douce
je prends le sac IKEA
ça fait plus de bruit que ce que j'aimerais
en quelques minutes j'arrive place Sainte-Barbe
quelques hommes à une vingtaine de mètres du café
dorment
sous les arcades
je place mon escabeau contre la vitrine
en silence je sors mon matos
les rouleaux d'abord
le seau et la brosse ensuite
je badigeonne la colle sur la vitrine
du New York Coffee Shop
ici tout est en plastique
pour n'employer personne
et ne pas devoir investir dans
un lave-vaisselle
même pour consommer sur place
tout est à jeter
les latte macchiato
les capuccinos
les ristretto
en plastique
les cuillères
en plastique
derrière la colle et la vitre les fauteuils s'opacifient
rien que pour plus les voir
ça valait le coup

de haut en bas j'applique mes grands formats
4 A 1
d'abord les deux du haut

MER

je lisse les bourrelets du plat de la main
dans le reflux de colle amande amère
un mec hurle je fais tomber un rouleau
Sa mère la pute
pute
il rit doucement
accroupie j'attends
il part
finalement
il ne parlait pas de moi
je remonte sur l'escabeau
et finis le travail
ça va plutôt vite il restait pas grand-chose
je recule pour admirer le résultat
m'assois sous les arcades

MER
CI

écrit sur un fond inox
au premier plan il y a
un oiseau rare
des plumes bien rangées brillantes
et son ventre ouvert
alors que des mains gantées
extraient un sachet plastique
de ses entrailles
multicolores
je saute de l'escabeau et le replie en deux en un claquement
et sors mon bâton
ma baguette magique

ça fait chlaque
c'est souple et d'une solidité
jubilatoire
quand je l'agite ça bourdonne en fendant l'air
*bitch witch*
parfait ça
je monte dans les petites rues piétonnes
pour le plaisir je prends à gauche à droite à gauche
je pense au dessin que font mes pas dans la ville
je pense au fou
au fou calme
quand il montre sur une carte
les traces de ses mauves dans Zurich
la toile d'araignée
au début il voulait qu'on entre dans la ville
en voyant quelques mauves par-ci par-là
avant d'aboutir à un champ
de mauves en plein centre
mais il n'a jamais trouvé la place
pour le champ
de mauves en plein centre
dans son cagibi
il montre des boîtes et des sachets transparents
il y a des chardons
roses sauvages
roses cynorhodon
citrouilles
haricots
poireaux
Les citrouilles il dit
ce serait beau qu'elles aient le temps
de s'épanouir
dans une rue résidentielle
il ne s'agit pas de planter mais de réintroduire
je prends la rue des cages
puis les marches du coquet
jardin des artilleurs

la pierre jaune irradie la lumière de la journée
l'odeur de pisse est encore plus prégnante
la nuit
et ma baguette magique bourdonne
toutes mignonnes ces rues pavées
colonisées par les SUV
– depuis dix ans
ces horribles carcasses
deuxième source de croissance des émissions de $CO_2$ –
je sais exactement où je vais
les impasses et les ruelles
dans le coin du lycée
peu de gens y habitent
c'est relativement désert
on ne m'entendra pas
ou pas tout de suite
j'aurai le temps de courir
je mets mes lunettes de protection
et d'un coup sec
explose
le pare-brise de ma baguette magique
et les vitres latérales
ça fait chlaque
chlaque
et chlaque
tout ça
va vous coûter un bras les amis
certains résistent
dans ce cas je n'ai pas le temps
d'insister
je laisse le pare-brise bleu laiteux constellé de débris
étonné
il faut partir vite
chercher les autres
le dernier est un SUV flambant neuf
noir de jais
j'ai presque mal pour lui

et je casse
Carglass répare
Carglass remplace
je replie la baguette
plie mes lunettes

dans les rues
je suis la seule à vivre
et je file
suis liquide

*

post-it n° 50

*I intend to be independently blue*

*

sur l'écran le jeune homme et la jeune femme
se baladent dans un cimetière
pour aller ramasser du bois
dans le bruit des sirènes de la ville
Celui-là c'est du mûrier
indique le jeune homme
celui des poires
il dit
Il mettra deux ans à sécher
mais c'est du bon bois
ça s'entend
quand on le hache
ça fait comme des quilles de bowling qui tombent
et toujours les sirènes
alors qu'il le heurte avec la hache
le bois s'ouvre comme une fleur
il dit
Le bois te réchauffe trois fois
quand tu l'abats
quand tu le fends
et quand tu le brûles
si ça sonne creux
et pas comme des percussions brésiliennes
c'est sec

Ça me déprime tes films de bobo il dit Balec
en clapant l'écran d'ordinateur
je le regarde sans le voir
ma fatigue chronique c'est lui
je ferme les yeux je m'imagine Fauteur à côté de moi
au-dessus de nous il y a un poster IKEA
des gratte-ciel de New York

*

post-it n° 56

*Je n'ai pas vu l'explosion. Rien que la flamme. Tout semblait luire… Tout le ciel… Une flamme haute. De la suie. Une horrible chaleur. Et il ne revenait toujours pas.*
Svetlana Alexievitch, *La Supplication*

*

cette fois-là
ça fait environ un an
Fauteur
était de nouveau venu me rendre visite chez Balec
on était à
Feu – 7
je le vois encore
il arrive à l'heure
toujours à l'heure
j'aime ça
avec son K-Way bleu marine
ses dents découvertes
il semble sincère
j'aurais pas cru
Rentre viens
Je te fais une infusion à la menthe
il me prend dans ses bras où je reste un peu
je tremble
me dégage sans le regarder Attends je fais bouillir l'eau
dans la bouilloire rouge de la cuisine rouge de Balec
je lui rachèterai du basilic je pense
il est en train de mourir
l'eau fait un bruit de jacuzzi nous empêche de parler
c'est infini puis la bouilloire fait clic
je lui sers l'infusion dans la tasse rouge sur la table rouge
on se regarde et on pouffe de rire
C'est sympa chez toi il dit
T'es con
Qu'est-ce que tu fous ici il demande
je hausse les épaules
Après le thé on peut faire une balade en forêt je propose
j'ai des trucs à te montrer
j'arrive pas trop à le regarder dans les yeux
il boit son thé en silence
son regard pèse sur moi

il s'étire comme un grand chat on voit son nombril poilu
on ne sait plus se parler
Bon je vais me changer pour la balade je lui dis j'arrive
il me suit dans l'escalier se rapproche me pétrit les fesses
me soulève jusqu'à la chambre
on se lèche la bouche le visage
on s'écroule sur le pardessus de lit rouge
il a du mal à me déboutonner et moi aussi on rit
il me caresse sur la culotte déjà mon bassin se lève
j'avais prévu le coup j'en avais mis une pas tachée pas trouée
il passe en dessous je me concentre pour ne pas jouir trop vite
ça vient toujours tellement vite avec lui
Tu sens tu sens comme je suis mouillée je lui dis
il prend son temps explore tâtonne
il est curieux veut bien faire fait bien
je me dis qu'il le fait souvent avec Oph et perds le fil
Jouis je veux que tu jouisses
il dit
je retrouve le fil m'arque lentement je me tends il me bande
je me raidis à nous faire mal gémis
j'aurais préféré qu'on ferme les rideaux
et les voisins et Balec peut-être
tout près
je le caresse de plus en plus en plus vite je regarde son sexe avide
je me cambre sur son ventre il se frotte à moi et il est tellement dur et rentre en moi doucement
va et vient doucement en laissant le doute à chaque fois
à chaque fois je suis surprise
il me pince les tétons va et vient
je vais et viens change le rythme
m'essouffle m'amollis
on rit
on est en face son visage phosphorescent et sa bouche devenue froide
je pense à Pépou qui ramasse les feuilles mortes dans le jardin
moi qui lui file un coup de main

je suis en chaussons et je ratisse
il se retourne d'un coup et me dit
Elle en a plus que pour quelques jours
Vas-y je lui dis vas-y
Fauteur lutte il résiste il en veut encore
il serre les dents
je veux ou j'en ai marre ou les deux
Vas-y je le supplie
il tressaille en moi dit non j'essaie de jouir en même temps
il y a un moment sans air puis il s'écroule sur moi
ses aisselles sur ma poitrine leur odeur parfaite
on ne fait que respirer
de moins en moins vite
les gratte-ciel de New York sont toujours au-dessus de moi

*

dans les bois ensuite
on avait fait craquer les feuilles et caressé les arbres
à moitié pour faire genre
à moitié parce qu'on aime
je lui avais montré les dépôts de déchets
le long des chemins
Regarde
personne se cache
il y a des tas partout
on avait vu
des banquettes de restau avec les menus et les lampes assorties
il y avait l'adresse sur le menu
ça venait du Luxembourg
des faux plafonds en bloc
des sacs de farine de plusieurs kilos
vides
des pots de peinture
des lingettes à usage unique
neuves
une lampe de chevet
une machine à expresso
et puis des tas informes
des masses de gravats qui semblaient fabriquer de la vapeur blanche
La Sœur et moi
quand on allait en colo dans les Vosges
on aidait à la cueillette des fleurs
je la vois encore
amasser les fleurs orange
certaines avec douceur en tournant tordant
ça se détache comme si c'était fait pour ça
et le pistil reste intact
d'autres perdent des pétales
pour elles c'est plus brusque
à la fin

les fleurs cueillies dans la cagette ça fait
safran jaune vert anis points blancs
sur bleu marine
dans le bois avec Fauteur
la seule chose qu'on pouvait glaner
c'était des ordures
les militants anti-dépôts sauvages du coin
les plus motivés
sont tous tombés malades
ça va de l'eczéma
aux cancers
il est communément admis
que cette région est la poubelle du coin
les Luxembourgeois les Allemands les Belges viennent déverser
leur merde ici
c'est finalement une habitude
avec Fauteur on avait pris des photos au cas où
en se disant
peut-être qu'un jour ça intéressera quelqu'un
un journaliste perdu dans la région
un lanceur d'alerte
prêt au sacrifice
on prenait des photos en parlant du deuxième Feu
pas le feu d'artifice
qu'on allait faire une semaine après
non
un nouveau Feu
qui ne serait qu'à nous
le nôtre
ce serait probablement notre dernière action
après
fini

*

post-it n° 60

drones
qui tiennent dans la paume d'une main
du crin hérissé sur leurs ventres plastique
aspergé de gel ionide liquide ultra-collant
qui retient le pollen une fois effleuré
ils le déposent sur la fleur femelle
un peu cahotants
risquent de la décapiter
inconvénient
pas de miel

*

repenser à Fauteur
et me souvenir en un sursaut
de ma vieille boîte mail
chiffrée
celle que j'utilisais il y a quelques années
PostCrypt
anonyme
a priori incraquable
quand j'avais rencontré Fauteur
on s'écrivait comme ça
des e-mails chiffrés de bout en bout
de svetla@postcrypt.net
à liesse@postcrypt.net
pour qu'Oph
ne tombe pas sur nos échanges
j'y retourne
le vingtième mot de passe
est le bon
je vois un message non lu
en gras
qui date déjà
d'il y a quelques mois

Vendredi 17 février 2017 à 03 h 47
De : svetla@postcrypt.net
À : liesse@postcrypt.net
Objet : Aucun

cherche la citation
*moi l'homme ordinaire*
*l'homme gris*
*je suis épris*
*de liberté*

*

j'ai cherché la citation
sur Google
j'ai compris vite
Fauteur
n'a pas abandonné
notre Feu
le deuxième
le dernier
j'ai écrit à Balec que j'étais malade
la grippe
il m'a dit Il me faut un certificat
on aurait eu bien besoin de toi aujourd'hui
y'a l'équipe de France qui passe
je lui ai dit Oui je te l'enverrai
mais nous savons tous les deux
qu'il n'en aura pas
la grippe c'est bien il n'essaiera pas de me toucher
aujourd'hui c'est le premier mardi du mois
le jour du Chauve à La Crasse
c'est au-dessus de mes forces
et Balec qui ne comprend jamais
qui allait me caresser le bras quand on nous verrait pas
et faire des clins d'œil
et son pavot
au-dessus de mes forces
je réponds à Fauteur
sur PostCrypt

OK
Compris

puis direct
vais au marché couvert de Fatz
malgré l'odeur de sang
et les têtes de cochon pendues

c'est entre le vendeur de spécialités italiennes et la fromagerie Cuny
que je croise Monsieur Rade
de la prépa du Parc
mon prof d'économie
toujours en tweed et col roulé
toujours raide d'un côté
précédé encore
de son parfum militaire
à l'époque il m'aimait bien
à l'époque j'étais major de promo
il me disait Vous irez à l'ENS
à l'époque j'étais l'écran blanc rêvé
de tout prof de prépa
silencieuse assidue discrète
une pointe d'humour quand il le fallait en khôlle
et encore
l'humour qui allait bien
qui disait aux profs
Je suis de votre côté
mais en dessous quand même
Mademoiselle Mueller me dit-il fort comme si c'était une blague
les mains ouvertes le buste légèrement en arrière
Bonjour
comment allez-vous depuis le temps
C'est Madame Mueller bonjour
Ah vous êtes mariée félicitations
Non
un silence
Alors qu'est-ce que ça a donné après la prépa
vers quoi vous êtes-vous dirigée
J'ai fait l'ESC Reims
c'était un cauchemar
après j'ai travaillé dans la communication
un peu par dépit
c'était pas mieux

d'abord marketing digital
je ne sais pas ce qui m'a pris
puis communication culturelle
un passage malheureux par les *public relations* à Luxembourg
puis j'ai fait une dépression j'ai arrêté
maintenant je fais des petits boulots
et je milite
j'essaie de trouver du sens à ce que je fais
voilà
Ah
très bien
je vois
eh bien
bon courage alors mademoiselle
silence
Vous n'avez pas changé en tout cas
je veux dire physiquement
enfin bonne continuation à vous au revoir
Au revoir
Raide
Rade
Monsieur Rade
il est déjà parti
anormalement vite
je regarde son dos gêné s'éloigner
dans les rires fromage-charcuterie du marché couvert
Rade est loin
je le regarde encore
jusqu'à ce qu'il disparaisse
je pars de l'autre côté

*

il y a des jours où Mémou
sans le savoir
a fait les choses pour la dernière fois
son dernier mail
sa dernière clope
son dernier pas
la dernière fois où elle s'est coiffée
où elle a chanté Que sera sera
où elle s'est épilé les jambes
curé le nez
a toussé
je n'ai pas de traces ni de preuve
de l'existence de son corps
peut-être ai-je rêvé
ma mère
peut-être étais-je tout ce temps
vraiment seule
j'aurais aimé être la détective
de ses dernières fois
avoir noté et consigné ces choses
leur heure d'arrivée
avoir la preuve que nous avons bien existé
ensemble
il y a des preuves de son visage – portraits –
de son écriture – lettres cartes postales –
de sa vie professionnelle et administrative – classeurs –
il y a les preuves que son corps n'est plus là
vêtements pendus bagues sans doigts gouttière sans dents
la seule preuve de son corps est
trop précieuse ou pourrie
déchet
sous terre comme nucléaire
j'aurais aimé
manger sa poussière dans les tomates
la goûter

tout plutôt que ça
cette omniprésence inodore
sans elle la maison est
comme emplie de vent

ces dernières fois
ont arraché des premières fois
première nuit avec sa mort
des sursauts
premiers faire-part de décès à remplir
premier repas seule avec Pépou
et le bruit de sa langue
première fois que je regarde le film sans elle
que j'arrose la succulente de sa table de chevet
à sa place
jusqu'à la fois où
je n'ai plus compté

*

Lundi 15 mai 2017 12 h 27
De : svetla@postcrypt.net
À : liesse@postcrypt.net
Objet : Aucun

OK
on se voit 30 jours après ton anniversaire
à 23 h 00
pour fêter ça
coordonnées 485207162-53784013
est-ce que tu peux amener
les bougies
serai à pied
si plus de 15 minutes de retard
ne m'attends pas
je pense à toi

*

je retrouve Mamipié en ville
je ne suis plus les saisons
de la consommation
le renouvellement des vitrines
ne s'adresse pas à moi
achats de rentrée - Halloween - Noël - Réveillon - sports d'hiver - renouveau du printemps - Pâques - vacances d'été - achats de rentrée
je suis arythmique absolument
foncièrement étrangère
à la ville
kyste
polype
sa temporalité
m'échappe
elle me recrache
Mamipié m'attend déjà
dans son salon de thé préféré
La Miraine place Saint-Thomas
sous les arcades de pierre jaune
en ce moment il a une vitre pétée
mais elle veut y aller quand même
l'habitude
ils l'ont rebouchée avec un carton
la vitre
On sent presque pas le courant d'air on oublie vite elle dit
Pour toi j'irai même boire un café dans la Trump Tower je réponds
boire un café à la Miraine
c'est comme jouer à la dînette dans les années quatre-vingt
ici
tout est ébréché un peu
tout est brun et beige
il y a des figurines de chat sous différentes formes
même les gâteaux sont bruns

la serveuse est désagréable
et Mamipié lui est très soumise
elle entre tout de suite dans le vif du sujet
Ma petite-fille faut que tu reviennes de notre côté
le côté de la vie
tu nous manques
moi qui ai perdu ma fille je crois que je peux dire maintenant
que j'ai réussi
j'essaie de réussir
à revenir
deux ans déjà ça fait deux ans
déjà
toi
tu as toute la vie devant toi
tu peux construire beaucoup de choses
tu peux avoir de l'amour et en donner
bientôt c'est le mariage de ta sœur
qui sait tu vas peut-être rencontrer quelqu'un là-bas
alors que Mamipié continue à enchaîner
les phrases automatiques
je me demande
où sont les pépites
de réel
où est-ce que je peux
allumer la lumière
sinon
dans ce que je m'apprête à faire
la voir essayer malgré tout
– c'est la seule –
me donne envie
un court instant
de redescendre un peu
voire d'atterrir
de jouer dans leur pièce de théâtre
je regarde son menton un peu affaissé recouvert d'un duvet
continuer à me parler
et je prends un air doux pour ne pas la blesser

elle a besoin de croire que je l'écoute
et que je reviens de leur côté
le côté de la vie comme ils disent
Mamipié semble avoir oublié
que je n'y suis jamais vraiment entrée
30 jours après mon anniversaire
c'est bientôt
c'est le jour du mariage de La Sœur
Ah tiens j'avais oublié Mamipié dit
en sortant une boîte de son sac
C'est ta sœur qui m'a donné ça pour toi
de la vitamine D

*

Lundi 15 mai 2017 18 h 32
De : liesse@ postcrypt.net
À : svetla@postcrypt.net
Objet : Aucun

OK
hâte

*

la jeune femme du film
me manque
celle aux yeux cernés
au regard infiniment doux
celle qui vit dans une grande maison
dans une campagne américaine
humide
qui ramasse son bois
cultive ses fleurs
ses fruits et ses légumes
avec son compagnon
l'homme à la poire
c'était notre amie
à Mémou et moi
maintenant c'est plus tout à fait
pareil
je me souviens quand elle montre
des haricots posés sur une grille
des graines et racines
qui sèchent
on dirait des algues et des coraux
elle dit
Cette graine ne germera pas
elle n'a jamais mûri
elle retournera au compost
c'est une pause dans son cycle
c'est un bel endroit pour se reposer
cette grille
il y a des fleurs pour les baumes
tisanes
crèmes
et des graines de coquelicots hongrois

*

Dans-le-Sens-où est déjà bien fait
il vient de terminer son discours
il a tellement pleuré
il n'a pas pu le finir
à voir les sourires qui flottent sur les faces
tout le monde a trouvé ça tellement
tellement attendrissant
– je n'aurais pas dû venir –
presque moi aussi
il vient de me serrer
dans ses bras mous
très fort trop fort
comme s'il savait déjà
lui aussi c'est un intense
je n'arrive pas à le détester
complètement
– je regarde l'heure –
la décoration
est d'un goût parfait
aurait dit Mémou
les fleurs séchées bleues et jaunes
l'écriture calligraphiée
les photophores chinés
même des kilims de Tunisie
lampions en papier de Chine
– je regarde l'heure –
tout le monde aimerait commencer le repas mais
on se tape
une parodie de Qui veut gagner des millions
l'un des deux témoins
qui fait le présentateur
est tellement stressé
il a l'air de jouer sa vie
– je regarde l'heure –
sous la pression de la *wedding planner*

qui ne se déplace qu'en courant
le témoin
son costard maculé aux aisselles
entame la question n° 18
dans un silence
de plus en plus
gêné
– je n'aurais pas dû venir –
Dans quelle ville notre cher Marc a-t-il terminé sa licence
A. Luxembourg
B. Genève
C. Montcuq
D.
le vin
est délicieux
je m'applique
depuis cet après-midi
à boire à un rythme assez soutenu pour supporter
sans être complètement torchée
pour l'instant
je n'ai vomi
qu'une fois
juste après
mon discours
A. Luxembourg
bravo et c'est Jean-Jacques qui remporte un point
je n'aurais pas dû venir je regarde l'heure
me lève brusquement
fais tomber mon verre de vin rouge
Pardon
on me regarde de concert
je glisse à l'oreille de La Sœur
Pardon il faut que j'y aille
je t'expliquerai
elle recule j'ai parlé trop fort
trop près
puis recolle un sourire sur son faux visage

avant de tourner la tête
sans un mot
vers l'écran de nouveau
je me rue dans la chambre des mariés à l'étage
je fouille dans le sac à main de La Sœur
lui prend ses clés de voiture
échange son portable
contre le mien
– jumeaux aussi –
et sa boîte de Temesta
redescends l'escalier sur la pointe des pieds
la moquette bordeaux amortit tout
dans la cour
je transvase le matos de ma voiture à la sienne
mécaniquement
ça me prend peu de temps
je me dirige vers la portière
entends une toux pas très loin
je contourne le bâtiment et vois
que La Sœur est seule contre le mur de la salle des fêtes
fume sa clope dans sa robe
Laure de Sagazan
au moins elle a eu la décence
de ne pas porter de voile
le jeu doit être fini
elle est parvenue à s'éclipser
il est 22 h 17
et dans quelques minutes ce sera le gâteau
je m'approche d'elle
elle ne me voit pas
La Sœur a l'air triste je pense
Tu as l'air triste je dis
elle me regarde
dit rien
j'hésite mais
je prends sa main
lourde une main de morte

et je caresse ses ongles
doux Plexiglas normalement
on ne se touche jamais
là
elle se laisse faire
ma main tremble
l'air que l'on inspire
fait mal aux poumons je lui serre
la main
elle la retire vivement
Tu sens l'alcool elle dit
et la gerbe
tu crois pas elle continue
tu crois pas que tu pourrais
nous faire l'honneur
à tous
juste quelques heures
de cacher ton ennui
ta réprobation
toutes tes attitudes supérieures
que je connais par cœur
tes sous-entendus
ton coin de bouche
toujours ironique
je dis Mais j'ai rien
Tout pue elle m'interrompt
ta haine
de nos choix
ton mépris
permanent
si Mémou était encore là elle s'arrête

on est de vraies jumelles

j'essaie de reprendre sa main
elle sanglote en silence
la tête comme arrachée de son corps

puis reposée sur un axe
affolant
son dos est tendu
dans un effort surhumain
pour ne plus me voir
même pas me deviner
puis elle me regarde
de ses yeux vert serpent
Il ne s'agit pas toujours de toi elle finit
puis écrase sa clope comme une blatte
Faut que j'y retourne
elle part et c'est comme si
elle n'avait jamais été là
juste une odeur
Marlboro et Miss Dior Chérie
très différente
de la mienne
je l'emmagasine à chaque respiration
je ne sais pas
si je suis encore là au loin j'entends la voix
hésitante de Pépou
Fauteur
je me l'imagine
en caleçon et chaussettes Artengo
T-shirt les Béruriers Noirs
comme je le connais
je me demande s'il est en avance
s'il a mangé
s'il a réussi à y aller
s'il pense que je ne vais pas
venir
dans la salle des fêtes la musique a commencé
les basses font vibrer les feuilles de l'arbuste devant moi
je jette un dernier
regard circulaire
pour couper la nausée je me fais vomir
reprends mon souffle

bois un litre d’eau
avale deux Temesta
m’installe dans la Mini de La Sœur
la radio se met en route très fort trop fort
de la bouillie de musique je tape de la paume
sur l’écran tactile
j’entre les coordonnées GPS indiquées par Fauteur
notées sur un papier froissé
je retape sur l’écran tactile
la radio s’éteint

*

je devrais me répéter encore
le plan
dans ma tête
mais je n'arrive pas vraiment à découper
l'objectif
en étapes
elles se chevauchent
s'entremêlent
chaque idée s'érode
à peine née je ne devrais pas
penser
encore
à ce que dit la jeune femme
du film
celle aux yeux cernés
au regard infiniment doux
l'amie que j'ai choisie
qui vit dans une grande maison
dans une campagne américaine
humide
ramasse son bois
cultive
elle dit
Le cœur de tout cela
c'est le compost
la question c'est
à quel moment précis
l'indésirable
devient désirable
la jeune femme dit
la jeune femme qui a perdu sa mère dit
Ce légume
cette tomate
est au point maximal de désirabilité
mais dans quelques semaines il sera au niveau le plus bas

ce ne sera pas la fin pour autant
elle retournera à la terre
et quelque chose poussera à partir d'elle
à ce moment du film
il y a un silence très long
un gros plan très long
sur le visage de la femme
qui recommence à parler
comme en s'excusant
en s'excusant d'être émue
elle dit
ça l'a aidée
de voir se dérouler ce cycle-là
à comprendre
et elle continue
elle dit
Pour moi
ma mère
les villes
c'est la même chose
je ne sais pas comment on peut y arriver
sans embrasser
l'idée que la mort n'est pas
qu'elle n'est pas quelque chose
de si terrible
contrairement à cette jeune femme
je ne connais pas
le nom des arbres
ni le nom des fleurs
je ne sais pas
nommer les plantes
non plus
je ne sais pas les faire pousser
ou les garder en vie
je ne les sacralise pas
j'aurais simplement souhaité
connaître mieux

ce vivant-là
j'ignore si les arbres qui bordent la route
sont des platanes
ou des hêtres
probablement
qui bordent la route avec une telle présence
un danger si proche
mon cœur c'est de la techno
si
oui
je connais un arbre
j'ai lu sur Wikipédia
un article
sur les plantes monocarpiques
le Tachigali versicolor
par exemple
ou arbre suicidaire
originaire d'Amérique centrale et d'Amérique du Sud
cet arbre
ne fleurit et ne fructifie
qu'une seule fois
avant de mourir
l'année de la floraison
le Tachigali meurt
et tombe
j'ai mis la robe de mariée en polyester
que j'ai achetée en ligne
elle me va bien je crois j'en ai choisi une
qui ressemble à celle de La Sœur
je me suis fait un chignon
comme elle
je lui ai pris sa carte d'identité
et dans sa voiture je suis
en route pour Boudin
c'est à s'y méprendre
je n'ai plus d'eczéma
depuis deux jours

les gendarmes n'y verront
que du feu
s'ils m'arrêtent
je serai La Sœur
ils croiront
à une mariée qui a changé d'avis
in extremis
le Zippo ne cesse de glisser
sur la plage avant
de gauche à droite
je devrais me répéter encore
le plan
dans ma tête
mais Fauteur
Fauteur me le rappellera
la nuit est tombée
le ciel pas assez noir
mes mains sont moites
est-ce que La Sœur
est-ce qu'elle a parfois les mains moites
sous sa manucure
mais j'avais de toute façon
j'avais repéré
sur les forums
les routes moins quadrillées
par les gendarmes
mais rien n'est identique
rien n'est pareil
le GPS n'arrête pas de dire de faire demi-tour
il y a ce champ
au bout du chemin de terre
qui doit arriver au bois
je l'emprunte
ralentis
m'attends à balayer Fauteur
de mes phares
ça cahote

je m'en veux
pour la voiture de Pépou
j'espère qu'il me pardonnera
dans le rétroviseur j'ai la tête
de je-ne-devrais-pas-être-là
quand les bouffées de chaleur
et les tremblements
et la cogne au cœur
deviennent difficiles
je ralentis
pas de Fauteur
dans les phares
j'arrive
je crois que j'arrive
je ne sais plus
je devrais me répéter
je coupe le moteur
Fauteur n'est pas
je pourrais plutôt courir
sentir
le délice des semelles de botte bordées de boue
des petits cailloux dessous qui débordent
comme leur bruit soigne
ou même les pieds sur la terre mouillée
pourquoi pas
c'est extrêmement doux
c'est insupportable
d'entendre
mon cœur
ma respiration
Fauteur va arriver
à pied
il a déjà
vingt minutes de retard
je dois
je rallume le contact
je sors

vais chercher le trépied dans le coffre
devant ma voiture je le monte
sans difficulté
– mémoire musculaire –
à trois mètres devant la voiture
j'y installe mon téléphone
Facebook
Vidéo en direct
– je regarde l'heure
25 minutes de retard –
je dis ce que j'ai à dire
j'invente
je n'entends rien
je le dis c'est tout
je retourne à la voiture
m'assois et souffle les yeux fermés
j'essaie de penser les choses
des choses dans l'ordre
s'il s'est fait arrêter
ils vont remonter la piste vers moi vite
très vite
mais s'il n'est pas venu
s'il n'est pas venu ce petit
fils de petite
merde
je sanglote
une inspiration tremblante puis
entrouvre la fenêtre de quelques centimètres
verrouille la voiture bip
jette les clés par la fenêtre
je scotche la touche de déverrouillage du tableau de bord
pas impossible à enlever
mais trop long
où est-ce que j'ai foutu le Zippo
quelque part
là
le bidon rouge

il est bien sous mon siège
je me penche et le saisis
l'ouvre
penchée sous le volant
j'inspire cette dernière odeur
sublime
jusqu'à faire fondre mes poumons
je bloque l'expiration
longtemps
et je lâche

*

la vidéo
vue par 11 236 personnes en live
2 351 j'aime
498 j'adore
893 haha
225 wouah
568 pleure
1 002 grrr
montre
une jeune femme en robe de mariée
elle la remonte machinalement
la froisse dans ses poings serrés
dans un geste trop vu pour ne pas être imité
ses bras sont maigres
son corps si droit
on imagine un revolver
braqué contre son échine
elle dit
Je suis à l'orée du bois Ledoux
à quelques kilomètres à peine de Boudin
ce que je m'apprête à faire
je le fais pour nous
un grand nous
tous ceux qui en ont besoin
peuvent être dans ce nous
pour qu'on nous écoute
pour qu'on nous croie
elle respire difficilement en détournant le regard
On a milité en paix
puis on nous a mutilés
on a mutilé la seule chose
la seule chose qui était précieuse
on a transformé notre histoire
en un récit de chaos on a réécrit
notre histoire

sur notre
dans notre dos
ce que je fais
c'est le seul moyen de
le seul moyen
d'attirer l'attention sur notre combat
d'entrer en concurrence avec les autres choses
plus divertissantes
ou plus révoltantes
qui polluent
nos pupilles
elle lâche la robe
Je sais pas
je ne sais plus quoi dire
intéressez-vous
lisez
tout a été écrit
puis levez-vous
ouvrez la bouche
élevez vos voix
révoltez-vous

elle s'arrête
regarde autour d'elle
elle voudrait ajouter quelque chose
il y aurait tellement à dire
qu'il n'y a plus rien à dire
elle ne dit rien
et l'œil rouge du téléphone
l'œil qui ne clignote jamais
est braqué sur la voiture
la jeune femme la regagne d'un pas rapide
s'assoit
renverse la tête
puis nous fixe
une mèche de cheveux s'est détachée entre-temps
elle cache la moitié

de son visage
elle tâtonne sur la plage avant
elle étale ses mains
des palmes phosphorescentes
elle pourrait jouer du piano
un morceau piquant
percussif
elle cherche quelque chose
sa main droite s'immobilise soudain
s'empare d'un petit objet qui envoie un éclair blanc
dans l'objectif
puis ses mains tombent
on les devine sur son giron
elle nous fixe à nouveau
raide
un moment
puis murmure
quelque chose
balbutie
quelque chose d'important
de lancinant
elle récite en fixant l'œil rouge
elle murmure
ou chante
puis se penche
comme douloureusement
resurgit
elle a comme échangé son visage
désormais
elle bascule quelque chose
non elle verse
elle verse un liquide ambré sur sa robe
une traînée sur le tissu juste avant immaculé
bien visible sur sa poitrine
le liquide surgit d'un bidon rouge
son regard à elle
fixé au-devant

semble s'accrocher à l'œil
aux milliers d'yeux
qu'elle espère rivés sur elle
alors qu'elle continue de murmurer ses pupilles
s'allument subitement
d'une lueur orange
d'abord chatoiement
ondulations soyeuses
dans lesquelles elle s'ancre d'abord
puis tangue
elle pourrait danser
elle se met à taper
tape sur le volant
de ses mains
on dirait
qu'elle le fait
en rythme
de ses mains
puis de sa tête
elle tape
contre le volant
contre la fenêtre
il faudrait détourner le regard
et dans un flux qu'on croirait entendre
la vitre devant elle s'opacifie
se fume en partie
déforme à notre vue
les bras blancs et la robe cramée
l'ondoiement se mue
en tournoiement plus crépitant
qui amalgame l'air
à la matière
la clarté gagne tout l'habitacle
à l'orée du bois
la fumée
cache la grimace
la lumière s'est fondue

en feu
étiré en vagues de lumière pure
et ses éclaboussements bleus
la jeune femme devenue cœur brûlant
de la canopée sombre
crépitements et souffles
qui font fuir les insectes
ramper les rampants

une boule noire
assombrit l'écran un instant
un oiseau fuit
en un froufrou
cette aube qui a lieu
trop tôt
et de devoir voler
combien ça le terrasse

*Je tiens à remercier Alex et Aida, mes parents, mes frères et leurs compagnes pour leur soutien et leurs encouragements. Merci aux enseignants et aux étudiants du master de création littéraire de Paris 8, plus particulièrement à celles et ceux qui ont partagé leur avis éclairé sur ce livre : Anouk, Julie, Léna, Nicolas, Pierre, Sébastien, Sophie. Un merci spécial à toutes celles et ceux qui m'ont accueillie à Paris si souvent lors de cette période riche et mouvementée. Merci également à Sébastien B., Charlotte, Sakina, Mathilde, Matthi, Fanny, Victoire, Marine, Kika, Agathe, Magali, Johanna et Maxime. Merci à Nicolas Humbert, réalisateur de* Wild Plants, *pour son documentaire magnifique. Merci à Lionel pour sa confiance.*

Cet ouvrage a été achevé d'imprimer en novembre 2021
dans les ateliers de Normandie Roto Impression S.A.S.
61250 Lonrai
N° d'imprimeur : 2105881
Dépôt légal : janvier 2022
*Imprimé en France*